神様のレストランで待ち合わせ

橘 しづき
TACHIBANA Shiduki

文芸社文庫 NEO

プロローグ

ここは最期に会いたい人と待ち合わせをするレストラン。

人生を生き抜いた者だけが辿《たど》り着ける場所。

レストランは一面ガラス張りになっていて、開放的でお洒落《しゃれ》な外観が人の目を引く。

店の外の広場は上品なレンガが敷き詰められており、その周りを青々とした葉を茂らす木々が取り囲んでいる。いくつか置かれたベンチでは、テイクアウトしたものが食べられるようになっている。

中央にある噴水は、このレストランのシンボルだ。

美しく涼しげな噴水は、見る人の心を穏やかにしてくれる。待ち合わせをする人たちは、水飛沫《みずしぶき》が太陽を反射してキラキラと輝く景色を眺めながら、皆期待した顔で相手を待ち続ける。

ワタルはそのレストランで、ウェイターとして働いている。短い黒髪、細身で平均的身長の、どこにでもいるビジュアルの青年で、少し前に働き始め、最近ようやく一人前になれたところだ。

レストランで働いていると、すぐ前の噴水広場がよく見える。ワタルは働きながら広場の様子を見るのが好きだった。

待ち人が来た瞬間、それまで待ちくたびれていた人の顔が一瞬で綻《ほころ》ぶ。それを見ると、こちらも笑顔になってしまう。笑い合ったり、泣き合ったりしたその後、並んで歩いていく背中は幸福に満ちていて、微笑まずにはいられない。

ワタルは料理を運びながら、毎日そんな光景を眺めている。

人の数だけ、物語がある。

さて、今日は一体どんな待ち合わせが見られるだろう?

彼は胸を躍らせながらホールに出た。

Contents

#01

ママとパパはやくそくを守るひと

「すみませーん、オーダーお願いします」

「あ、はい！」

ワタルは元気よく返事をして注文を取りに席へ向かった。

広々としたホールは窓から日が差し込んで、明るく温かな雰囲気だった。席はほぼ満席に近く、皆笑顔で食事を楽しんでいる。

取ったばかりの注文をキッチンへ伝え、さて次は水でもつぎに行こうとまたホールに出たとき、ふと外に気になる光景があった。

「あの子、まだ待ってるんだ……」

噴水広場の隅っこに座り込んだ一人の少女だ。何やら絵を描きながらずっとそこにとどまっている。周りが次々といなくなっていく姿をぼんやりと見つめては、手元のノートに視線を落とす。子供一人であまりに長い時間そこにいるため、ワタルはずっと気になっていた。

一体あの子、いつ頃から待ってたっけ。一人きりで、寂しくないんだろうか。

「おーい、そろそろ休憩いいぞ」

「あ、はい！」

先輩からそんな言葉をかけられてハッとする。持っていたトレイを置くと、ワタルは裏に入りエプロンを外した。大きく伸びをして疲れた体を労る。

「ふー働いた！」

「おう、慣れたかワタル」

独り言を言ったワタルに、先輩であるミチオが声をかけた。

ミチオは料理長だ。年齢はぱっと見、五十歳前後か。ワタルの親と同年代くらいだが、気さくで話しやすい相手だった。ワタルもすっかりミチオになついてしまっている。

ワタルが初めてこの場所に来たとき、レストランを一目で気に入り、働かせてほしいと頼みに行った。ミチオはすぐに許可した。

それからワタルは、まず料理の種類と席の番号を覚えるところから始めた。客が多いレストランで働くのは大変だったが、周りの人々の優しさに支えられ、毎日楽しく働けている。

「はい！　ミチオさんのおかげですよ」

「まあ、お前、仕事覚えるの早いもんな。うちも一人いなくなったばっかだったから、ありがたかったよ。その調子でがんばれよ」

「あ、ありがとうございます」

ワタルの肩に手を置いたミチオは、目尻に皺《しわ》を作って笑うと再びキッチンへ戻ろうとする。ワタルは慌てて引き留めて尋ねた。

「あの、ミチオさん。広場で座り込んでる、小さな女の子わかりますか？　あの子、ずっといませんか？」

「あー……あの子なあ。もちろん知ってるよ。俺がここに来たときからいる。かなり長い間待ってるみたいだなあ」

ミチオは頬を掻《か》きながら答えた。ミチオが来たとき、すでにあの場所にいたということは、ワタルの想像よりずっと長い時間待ち続けているらしい。

引き留めたことをミチオに謝り、ワタルは少しの間一人でじっと考えた。

（まだいるかなあ……）

ワタルがこっそり広場を覗《のぞ》いてみると、やはり彼女はいた。迷った挙句、ワタルはそのまま少女の元へ向かった。

外は心地のよい太陽が出ていて、無意識に深呼吸をしてしまう。ちょうどいい気温がつい眠気を誘うほどだった。そんな中、少女はしゃがみ込んだまま手持ちのノートに絵を描いていた。

年は五、六歳ぐらいだろうか。肩までの黒髪に白い肌。目がクリッとした可愛らしい少女だ。

少女のそばには、色鉛筆の入った箱が置かれていた。どれもだいぶ使い込んで短くなったもので、今彼女が握っている青色の鉛筆は握るのがやっとなくらい小さくなっている。それから絵本が二冊。これまた薄汚れて背表紙は少し破れている。何度も読んだ形跡がうかがえた。

そして犬のぬいぐるみ。恐らく白色。恐らく、と言ったのは、それがあまりに黒ずんで汚れていたからだ。所々ほつれ、かなり年季が入っていると見える。

ワタルに気づいた少女が顔を上げる。不思議そうに彼を見た。

「こんにちは」

「こん、にちは」

ワタルの挨拶に律儀に返したが、やや訝《いぶか》しんでいるようだ。ワタルは苦笑しながらしゃがみ込んだ。

「僕、そこのレストランで働いてるんだ」

「あ、そうなんだ！　美味《おい》しそうなオムライスがあるところだね」

「よく知ってるね」

「ここにいると、いい匂いするもん」

白い歯を出して彼女が笑う。子供らしい屈託のない笑顔にワタルの頬も緩む。彼はそのまま尋ねた。

「名前は？」

「ハルカ。この子はモモちゃん！」

犬のぬいぐるみを大事そうに抱きかかえて言う。ワタルは笑った。

「モモちゃん。可愛いね。僕はワタルっていうんだ」

「ワタルお兄さん！」

ニコッと笑われ、可愛さに胸がぎゅっとなった。そんなに子供好きってわけじゃないのに、この子の人懐こさは別格だった。

「ワタルお兄さんは、あそこで料理するの？」

「僕は料理を運ぶ人だよ。だからハルカちゃんの姿も見えてたよ。ずっとここにいるよね？」

ワタルが尋ねると、ハルカは頷《うなず》いた。持っていた鉛筆を仕舞い、違う色を悩みながら選ぶ。

「あのね、お父さんとお母さんと待ち合わせ」

「待ち合わせ、か……」

「そろそろ来るかなあ」

たっぷり色が塗られている画用紙に、ハルカは赤色でさらに色を重ねた。ワタルは少しだけ眉尻を下げて心で思う。

ハルカはずっと待っている。待ち合わせに待ち時間はつきものだ。どちらかが相手の到着を待つのは仕方のないこと。ただ、ハルカはその時間が長すぎると思った。子供一人で待ちぼうけ、か。本当に彼女の両親はここに来るんだろうかと不安になる。もしかして、待ち合わせを忘れているのか、はたまた『来る気がない』『来ることができない』なんてことがあったなら。

時々そういうことがあるのだ。健気に待ち続けても相手は来ず、あきらめて泣く泣く一人でどこかに消えていく。レストランで働いていると、そういった光景を見ることもある。そんな寂しい思いを、こんな小さな子にさせたくなかった。

ワタルは何も言えずに空を仰いだ。一人ぼっちで寂しいはずなのに、弱音ひとつ吐かない少女に胸が痛んだ。ハルカは信じて疑っていない、両親がここに来るということを。

「ハルカちゃん」

「うん」

「お店においで。オムライス出してあげる」

「いいよ。お腹は空いたけど、食べてる間にお父さんかお母さんが来たらわからなくなっちゃうもん」

「じゃ、じゃあ何かテイクアウトしてきてあげようか？　そこのベンチで」

「大丈夫。お父さんたちが来たら一緒に食べるから」

健気に笑ってみせる彼女に、これ以上何を言えばいいのかわからなかった。相手が来るまで待ち続けるつもりだ。でももし万が一、両親が来なかったら……。

ワタルは迷いながら恐る恐る言葉を発した。

「ハルカちゃん。これだけ待っても来ないんだ、もしかしたら」

「お父さんもお母さんも、優しいよ。約束は守ってくれるよ。ハルカ知ってるもん」

ワタルが言いたいことを察したのだろうか。ハルカに先を言われてしまった。そう頑なに言われては、これ以上言葉を出せない。

「お母さんがね、待っててねって言ったの。そしてこの鉛筆たちをくれたの。ぜーんぶハルカのお気に入りのものだよ！　お絵描き好きだし、モモちゃんは友達だし、絵本も大好き！」

「うん、見てわかるよ」

「ハルカ、いい子で待ってるよ。お絵描きして、モモちゃんとお話しして、たまに本読んで。待てるもん」

胸が締め付けられる思いだった。子供は純粋無垢、誰かを疑うことなんかしない。それが自分の親ならば尚更だ。

彼女をこのままここに置いておいていいんだろうか。一体今両親はどうしているんだろう。せめてあのレストランに連れていってあげたいのだが。

さてどうしたものか……。そう心配したときだった。

ずっとノートに絵を描き続けていたハルカがぴたりと手を止め、ふいに顔を上げた。誰かに呼ばれたかのような反応。大事に持っていた赤鉛筆が手から滑り落ち、地面に音を立てて落下する。

転がった小さな赤鉛筆をワタルが慌てて追うと同時に、ハルカが立ち上がる。艶のある黒髪がサラリと揺れた。彼女は真顔でじっとある一点を見つめているので、ワタルもつられてそちらに視線を動かす。

そこには老婆がいた。小柄な体に丸まった背中。グレーの髪色に、しっかり刻まれた皺。年齢は七、八十ぐらいだろうと感じた。

ゆっくりとした足取りで老婆がこちらに歩いてくるその姿を見て、ハルカは叫んだ。

「お母さん！」

大きな声は響き渡り空へのぼった。嬉《うれ》しそうな、それでいて泣きそうな声が老婆の耳にも届いたのか、はっとして顔を上げる。

ワタルが何かを言おうとしたそれよりも先に、ハルカが駆け出した。老婆はハルカの姿を見た瞬間、目を丸くしてワナワナと震えだす。瞬きすら忘れたその目から、一気に涙が溢《あふ》れかえった。

ハルカが全力で老婆の胸に突進する。少しその体がよろめいたかと思った瞬間、涙していた老婆の体が一瞬で変化した。

傷んだグレーの髪は艶のある長い黒髪になり、丸くなっていた背中は美しく伸びた。しっかり刻まれた皺は消え去り健康的な肌色になる。老婆は、若い女性になっていた。

それは瞬きをするほどの一瞬の美しい出来事。若返った彼女の顔立ちは、ハルカとよく似ている、とワタルは思った。

「ハルカ！」

老婆だった女は自分の変化にも気づかず、ハルカを抱きしめた。力強く、決して離してなるものかという強い意志が感じられる抱擁だった。

凛《りん》とした声で、彼女はハルカの名前を何度も何度も呼ぶ。

「ハルカ！　ハルカなの？」

「お母さん、待ってたよ」

「ハルカ、待っててくれたの？　ずっと待っててくれたの？」

涙を滝のように流して母親は呟《つぶや》く。娘の頬を両手で包み、その顔をしっかり正面から見つめた。ハルカは嬉しそうに笑う。

「待ってたよ。お母さんが言ったんじゃん、待っててねって。また一緒に過ごそうねって」

母親は嗚咽《おえつ》を漏らしながら再び娘を抱きしめる。きっと今、小さなぬくもりを全身で感じ取っているんだろう。

ワタルは一歩も動くことなくそれを見つめる。自分の表情が和らいでいくことに気がついていた。

「ごめんね、いっぱい待たせたよね」

「うん、ちょっと待ちくたびれたけど」

「寂しかったよね、ごめんね」

「でも大丈夫！　モモちゃんがいたし、お絵描きしてたから。お気に入りの本もあったし。お母さんがハルカのために持たせてくれてよかった！」

母親はハルカの持ち物を見る。黒ずんだ犬に短い色鉛筆、くたびれた絵本。それを見ながら何度も何度も頷いた。

「そっか、ちゃんと一緒に持ってこられたんだ。棺に入れてよかった」

安心したように呟いた。

一部始終をずっと見ていたワタルは、よかった、と安心する。子供一人でこれだけの長い時間待つだなんて、きっと寂しかったに違いない。それでも根気強くハルカは待ち続けた。そしてちゃんと彼女の親は来てくれた。きっと生前別れたそのときの姿で、これから時間を取り戻せる。

幼い我が子を先に亡くした悲しみは大きかっただろう、それを抱えながら生き続けることも。でも、生き抜いて正解だ。おかげで母親はここに来られたのだから。もし途中で挫折してしまえば、この広場に来ることはできないのだ。

ワタルは赤鉛筆を拾い、ハルカの荷物を彼女に届けた。

「ハルカちゃん、どうぞ」

「あ！　ワタルお兄ちゃん、ありがと！」

大事そうにハルカは胸に抱えた。母親が頭を下げる。ワタルは優しく言う。

「よかったね、お母さんやっと来てくれて」

「うん、待っててよかったあ」

「これからたくさん楽しんでね」

「うん！」

ハルカと母親は手を繋《つな》いだ。二人とも嬉しそうに笑い、そのまま歩き出す。

「ねえお母さん、お父さんは？」

「きっと、もうそろそろよ。あの人も、もうすぐ来るはず。それまでお母さんと遊んで待ってよっか」

「うん！　みんなそろったら嬉しいねえ、また三人で遊ぼうねえ！」

「これからはもうずっと一緒だから。何して遊ぼうか」

「ハルカ、オムライス食べたい！　あとあっちの公園にも行きたい！」

「どこでも行こう。たくさん待たせちゃったんだから」

幸福に包まれた二つの背中が遠ざかる。ワタルは微笑んでそれを見送った。

やっぱり、いいなここは。いろんな待ち合わせが見える。再会したとき、喜んだり、怒ったり、さまざまな顔を見ることができる。先に来てしまった者は待つのが大変かもしれないが、相手が来てくれればきっと、待っててよかったと思えるはず。

そう一人浸っているところに、ワタルはふっと思い出した。

「あ……しまった、休憩時間が終わる！」

慌ててレストランに駆け戻る。あとでハルカたちも来るだろうか。とびっきりのオムライスを提供せねば。


ここは待ち合わせの広場。人生を生き抜いた者たちだけが辿り着く。朝も夜もない、居心地のよい空間。

今日も彼は働いて人をもてなしながら、いろんな待ち合わせを見守る。再会できた人たちが、これから幸せな時間を過ごせるように祈りながら。

#02

好きだからもう会えない

「ありがとうございました！」

「美味しかったです、ご馳走《ちそう》様でしたあ！」

母娘がそう笑顔で言ったのを、ワタルも笑顔で返す。仲良く手を繋ぎ、二人は店の外へと出ていく。少女の手には黒ずんだぬいぐるみが抱かれていた。ワタルはそんな後ろ姿を見送り、空いた皿を片付けに向かうと、オムライスはしっかり完食されていた。皿を片付け、急いでテーブルを拭いていく。

昼も夜もないここでは、食事の時間という概念はなく、いつでも客が訪れる。ひっきりなしに次から次へと来るので、ウェイターたちは目が回るほど忙しい。

それでも、あまり体に疲れなどを感じることはない。食べたり、寝たり、そういうことはやりたければできるが、しなくてもいい。そんな状態だ。もちろんしっかり休みはもらえるし、その間は自由に好きなことをしていればいい。ワタルは休みのときは、ゆっくり暖かな太陽の下を散歩してみたり、大きな図書館で本を読んだりする。まだここに来てあまり時間が経っていない彼は、遊び足りないぐらいだと思っていた。

「あー、ちょっと波がおさまりましたかねえ」

額に浮いた汗を拭いてワタルがキッチンに向かって言った。調理も手が空いたのか、ミチオが肩を回して凝りをほぐしていた。彼は大きくため息をついてワタルに言う。

「いやあ、いつも人が多いなあ。繁盛は良いことだけども」

「ずっとフライパンを振ってるミチオさんたちは大変ですよね」

そう言うワタルは、ふとあることを思い出し、ミチオに尋ねる。

「そういえば、しょっちゅう来てたイワタさん夫婦、急に見なくなりましたね？　ミチオさん、最近会いました？」

ワタルが言っているのは、イワタと名乗っていた老夫婦のことだった。

白髪を綺麗《きれい》にまとめた奥さんと、いつも帽子を被った旦那さん。たしか、はじめは旦那さんが一人ここにやってきた。「妻を待っているんだ」とゆったりコーヒーを飲みながら、窓ガラスの向こうの広場をずっと眺めていた。旦那さんは物静かで朗らかで、ああこれが品性というものだろうな、とワタルが感心する素敵な人だった。

それから少し経って奥さんもやってきた。これまた上品で可愛らしい人だった。二人は久しぶりの再会を喜び、並んでこの辺りをよく歩いていた。そして、このレストランを贔屓《ひいき》にしてくれて、よく食べに来ていた。

「妻はね、ここのショートケーキが好きだって言うんだ。私はそんな甘いのは食べられないがね」

そう笑っていた旦那さん。自分はコーヒーを、奥さんはショートケーキを注文してお茶している姿は、誰しもが目を細めて見てしまうほどの素敵な絵だった。

そんなイワタさんたち、そういえば最近来ない。ワタルはそう思い出したのだ。

ミチオは、ああ、と声を上げる。

「あれだろ。もう、ここにはいなくなったんだろ」

「いなくなった？」

「そうかワタル、ここに来て日が浅かったな」

ミチオは思い出したようにそう言うと、腕を組んで説明した。

「ここはさ、ずっといられる場所じゃないから。自分の願いを叶えるまでの間だよ。大体は、やっぱり誰かに会いたいとかの願いがあるわけだ。それが叶えば本人たちも気づかない間に自然といなくなる。あの二人はもう会いたい人に会えたし、その後も楽しんでたから、もうここにはいなくてよくなったんだろ」

へえ、とワタルが感心する。まあそりゃそうか、じゃなきゃ人で溢れかえっちゃうもんな。

だがすぐに、疑問が浮かんだ。

「でも、会いたくても会えないこともありますよね。そういうとき、どうするんですか？」

そう、希望は絶対に叶うとは限らない。相手がここに来られなくなっただとか、気持ちが一方通行だとかで、残念ながら会えないことだってあるのだ。

「そりゃ、時間が経つのを待つしかないわな。いつだって、解決してくれるのは時間なんだよ」

「時間、ですか……」

「あっちとこっちじゃ時間の流れも多少違うみたいだけどな。でも詳しくは俺もよくわかんないわ」

そう話しているところに、オーダーが入る。ミチオが返事をしてすぐさまフライパンの準備を始めた。ワタルもそれ以上話題を続けることなく、再びホールへと出ていく。

今はそれなりに空いている客席を見渡し、その奥に見える広場まで視線を延ばした。一番目立つ噴水周りで、今日も多くの人が誰かを待っている。探すようにキョロキョロしている者、どっしり構えて今を楽しんでいる者、それぞれだ。

(好きなんだけどなあ、人と人が再会するシーン)

そして、窓際の席をちらりと見る。今は誰も座っていないそこは、イワタ夫妻がよく座っていた場所だった。

コーヒーにケーキ、それを静かに口にする二人。決して会話が多いようには見えなかったが、目には見えない信頼と心地よさを感じていた。あの常連さんが来なくなったことは、少し残念だった。きっともう会うことはない。最後に挨拶ぐらいできればよかったのだけれど。

でも、イワタさんたちは再会できて、楽しい時間を過ごしたんだもんな。悲しいことじゃない。

そう思いながら、彼はピッチャーを持って水を配りはじめた。

ある日、ワタルは出勤してきたばかりの時間に、ちょうど上がる同僚と軽い会話を交わした。

「お、ワタル今からか」

「そうだよ、上がり？」

「うんそう。あ、そうだ！　なんか今日、ちょっと行動が怪しい客が来てるぞ」

「怪しい客？」

同僚が声を潜める。首を傾げたワタルに、ヒソヒソと小声で告げた。

「今もまだ座ってるよ、一番端の壁側。空いてるっていうのに窓側じゃなくて壁のほうでさ。入ってくるときも、やけにキョロキョロして背中を丸くして入ってきた」

「ふうん？　男？　一人？」

「男だよ。若い男一人。どうも表情暗いし、隠れるようにしてるし、どうしたんだろうな」

なるほど、それが怪しい客か。ワタルは納得する。このレストランの窓は大きく日当たりもいい。そして何と言っても噴水広場が見えるので、窓際の席が空いていれば大体の客はそっちに座る。景色もいいし、誰かを待っている人は食事しながら広場を見張れるからだ。

一人でいるなら今から誰かと会う可能性が高い。それをあえて一番端の壁際とは珍しいが、人には人の事情がある。イワタさんたちのようにもう待ち人に会えた人たちは、窓際を他の人に譲ってあえて壁際に座ることもあった。

同僚に簡単に別れの挨拶だけすると、ワタルはホールに出た。客は少ない。全体を見回しても数席だけ埋まっている。そのほとんどはやはり窓際や、その近くを選んで座っていた。

そんな中、一人ポツンと奥の隅に座る男性がいた。背中を丸めるようにして俯《うつむ》いている。目の前にはお冷やだけで、まだ注文した料理は来ていないようだった。

ワタルも気になり、彼の近くに歩み寄る。ちらりと顔を覗くと、やけに神妙な面持ちをしているので心配になった。

(今にも泣きそうな顔してるじゃん……)

かなり落ち込んでいる様子だ。眉尻を下げ、口を固く結んでいる。あまりの表情に足を止めてしまっていると、視線に気づいたらしい男性がふいに顔を上げたので、ワタルと目が合ってしまった。

「あ、え、ええと、いらっしゃいませ。お冷やのおかわりはいかがですか？」

慌ててそう言ってみるも、男性の前にある水はまだいっぱい入っていた。自分の機転の利かなさに呆《あき》れていると、彼が口を開いた。

「あの……」

「はい？」

「女性を見ませんでしたか。ユイカという女性なんです。僕と同じ年で、黒いロングヘアです。目元にホクロがあって、背は一六〇センチくらいの……」

ボソボソと言う彼に、ワタルはやっぱり誰かを待っていたのか、と思った。なかなか会えなくて悲しんでいるのかな。いや、だとすれば、なぜこんな端っこにいるのだ？　人を探しているのなら、それこそ窓際に行くべきだ。こんなところにいたのでは、もし外にユイカという子が通っても気づけないだろう。

「さあ？　僕はそのような方は知りませんが……」

「そうですか……」

「もしよろしければ、その方がいらしたらお客様のことを伝えますよ！　お名前を……」

「結構です！」

男性は突然大きな声を出した。周囲の食事をしている人が手を止めてこちらを見るほどの声だ。男性はハッとし、すぐに声を潜めた。

「す、すみません……でも、大丈夫です。僕のことは何も言わないでください」

「え？　でもユイカさんを探してるんじゃないんですか」

「来ているのかな、と疑問だっただけです。でも、もし来ていたとしても、僕には会う資格はないので……会いたいですけど」

そう言われ、ワタルはそれ以上何も言えなくなる。客の事情に首を突っ込むべきじゃないと、自分で自分を制したからだ。しかし会いたいのに会うのを避けてるなんて、つらいだろうに。一体何があったんだ？

そこに、ちょうど料理が運ばれてきた。きのこをたっぷり使ったクリームパスタだ。さすがにこれ以上話を続けるわけにはいかない、と思ったワタルはその場を離れる。近くの席で食事を終えた客がいたので、その片付けに入った。

トレイに空の皿を載せていきながら、やっぱり気になって振り返る。男性は、いい匂いのするパスタを頬張ることなく、フォークすら持たずに、ただじっとその料理を眺めていた。

結局、その客は半分ほどパスタを残して店を出た。最後まで表情が晴れることはなかった。あんなにつらそうにうちの料理を食べる人は初めて見た、とワタルは思った。会いたいけど、会っちゃいけない人、ってどういうことだろう。

ワタルは働きながら、頭の片隅にずっとそれが残っていた。ここのレストランは味も一流、場所もいい。みんな幸せそうにして帰っていくのに、あの男性だけは違ったのがつらかった。

それでも何かができるわけでもない。ひたすら料理を運ぶだけの時間を過ごしていた。

その後、客はどんどん増えた。目まぐるしく注文を取り、料理を運ぶ。調理をしているミチオも、人手が足りないと嘆きながらフライパンを振っている。ワタルは同僚たちと必死にホールを行ったり来たりしていた。

そんなときだ、一人の女性が来客したのは。

ほぼ満席状態のレストランに、高い鈴の音が響く。ワタルが振り返ると、若い女性が立っていた。

「いらっしゃいませ！　ええと、今はカウンターの席しか空いてないのですが、よろしいですか？」

ワタルは店を見回したあと尋ねる。すると、その可愛らしい女性は微笑んで頷いた。

「大丈夫です」

「では、こちらへどうぞ！」

二人でホールを横切っていく。女性はチラチラと周りの客たちを観察しているようだ。誰かを探しているのかな、とワタルはぼんやり思ったが、深くは考えず、席に案内した。

「どうぞこちらへ」

「ありがとう」

「メニューです」

「おすすめは、なんですか？」

「そうですね、お酒ならワインも美味しいですよ！　お食事ならオムライスが人気です。デザートのケーキもご好評頂いてますし」

「ふふ、おすすめいっぱいなんですね」

「ええ、味は一流ですよ！」

調理は全くしないワタルだが、胸を張って言い切った。そんな彼を小さく笑いながら、女性はあるメニューを指差した。

「このパスタをください」

「はい、かしこまりまし……」

そう言いかけてハッとし、勢いよく女性のほうを見た。

黒いロングヘア。身長は一六〇センチぐらい。右の目の下にホクロが一つある。彼女が指差したパスタは、少し前にやってきたあの男性と同じだったのだ。そこで思い出した、ユイカという女性の特徴。目の前の彼女は完全に当てはまっていた。

「ユイカさん？」

ついワタルは声を漏らす。ユイカは驚いたように目を丸くした。

「え、なんで私の名前を？」

そう尋ねられて、しまったと思う。あの男性は、自分のことは言うなと言っていた。知らないふりをするのが一番なのに、つい反応してしまったのだ。

うまい言い訳も思いつかず、ワタルは慌てる。

「あー、えーとですね、うんと、なんだったかな」

「タクトが来たの？　タクトが私のこと探してたんじゃない？」

ユイカの声が大きくなり、周りの客が注目した。ワタルは困り果ててあわあわとするが、もう隠せるはずもない。仕方なく、頷いてしまった。

「えっと、タクトという方かはわかりません。ただ、少し前にあなたを探している男性がいまして。同じ年くらいの人なんですが」

「タクトだ……タクトだ！　タクト来てたの？」

突然ユイカが泣き出したのでギョッとした。傍から見れば男が女を泣かしている場面にしか見えないだろう。ワタルは慌てながらも、なんとかユイカを落ち着かせようとする。

「あ、あの、まだそうと決まったわけでもありませんし、とりあえず落ち着……」

「こうしちゃいられない、私タクトを探しに行きます！　店員さんありがとう！」

涙を目にいっぱい溜めてそう言ったユイカの腕を、ワタルは咄嗟《とっさ》に摑《つか》んだ。彼女は不思議そうにワタルを見上げる。

軽率だった、と深く後悔した。だが今更後悔しても遅い。正直に事情を話すしかない。

「あの……本当は黙っておいたほうがよかったんです。それを僕が言ってしまって。すみません」

「どうして？　黙ってたほうがいいなんて、そんなわけないでしょう」

「相手の方は、あなたと会うつもりはないみたいだったんです」

ついに言ってしまった。言わないほうがいいだろうとわかっていた。それでも、ワタルは嘘《うそ》がつけずに本当のことを告げたのだ。

ユイカが目を丸くする。また泣くかもしれない、そう覚悟したが、ユイカは泣かなかった。ただ、呆然《ぼうぜん》として瞬きもせず、その場に固まった。

店内は変わらず混雑している。ワタルも店員の一人として走り回らねばならない。でも、今ここを離れるわけにもいかない。どうしていいかわからず困っていると、しばらくしてユイカが小声で言った。

「そっか……わかった、ありがとう」

ポツンと言ったあと、彼女はおとなしく俯いた。てっきり取り乱すかと思っていたので、その様子が意外だった。恐らく、二人ともお互い会いたがっている。それなのに諦めている。

一体、この人たちに何があったんだ？

無言で立ち尽くすワタルに、ユイカは悲しげに微笑みながら言った。

「このパスタ、ください」

ワタルはすぐさま返事をして裏へ入った。オーダーをキッチンに告げながら、余計なことを言ってしまった罪悪感と、二人を何とかしたいという気持ちでもやもやとしていた。

彼女は半分ほどパスタを残して帰っていった。ワタルは食べ残しがあるお皿を下げながら、いまだ自分の行動の軽薄さにげんなりしていた。

それでもひっきりなしに客は来る。このレストランは人気店だ、いろいろな人たちが訪れる。

目の前の仕事に追われながら必死に働いたあと、ワタルにようやく休憩時間が与えられた。やっとか、と思いながら彼はつけていたエプロンを外し、客に見えない場所で大きく伸びをする。

さて、貴重な休憩時間をどうしようか。普段はいろいろやりたいことがあるが、今日はあまり気分が乗らなかったので、とりあえず気分転換にゆっくり散歩することにして外へ出た。明るい日差しに暖かな気温。気を抜けば寝てしまいそうな感覚と闘いながら、彼は目的もなく歩き出した。

待ち合わせ広場の中心へゆっくりと進む。噴水の周りで楽しそうに話しているカップルが目に入り、微笑ましくて目を細めるが、脳裏に浮かぶのはあの二人だ。

タクトとユイカは、やはり恋人同士だろうか。兄妹にしては似ていない気がする。そう考えながらぼんやり歩いていくと、広場の一番端にあるベンチにある人を見つけた。目立たない場所で、ひっそり小さくなって腰かけている。

（あ……タクトさん？）

肩を落として一人、寂しげに座っている。気になったワタルは、そうっと近づいた。

（やっぱり、そうだ）

タクトは遠くを見つめるようにしていた。その視線は気力がなく、絶望しているかのように見えた。ワタルは恐る恐る声をかけてみる。

「タクトさん？」

その名前に彼は反応した。ということは、やはりこの男性の名前はタクトなのだ。

男性は驚いたようにこちらを見上げながら息を吐いた。

「あ……あのレストランのウェイターさんですか」

安心したようにそう言った直後、すぐにタクトは気づいたようだ。

「あれ？　僕、名前を」

「すみません。あなたが帰られたあと、ユイカさんがいらっしゃったんです」

そう告げると勢いよくタクトは立ち上がり、ワタルに詰め寄ってすごい形相で尋ねる。

「ユイカ？　ユイカだったんですか？　間違いなくユイカが来たんですか？」

「え、ええ。お名前も聞きました。そして、あなたの名前もユイカさんから聞いたんです」

ワタルが正直に言うと、タクトは力をなくしたようにヘナヘナとその場にしゃがみ込んだ。

「あの、大丈夫ですか？」

「そんな……ユイカが来てたなんて……そんな」

タクトは呆然とそう繰り返し、手で顔を覆った。泣いているようだった。大人の男性が涙を流している様子に、ワタルは戸惑い言葉を失くす。

一体何の涙なのか。嬉し泣きか、それとも？

声を押し殺すようにして泣く彼に、ワタルは迷ったが話しかけた。

「ユイカさん、あなたに会いたそうにしてましたよ。その、僕つい言ってしまったんです、タクトさんは会うつもりはなさそうだって」

「……なんて言ってました？」

「驚きながら何も言いませんでした。そして、パスタを少しだけ食べて帰られました」

「はは……そうか」

乾いた笑みを浮かべる。その場に躊躇《ちゅうちょ》なく尻をつき座り込んだタクトは、目と鼻を赤くしながら言った。

「会いたいって思ってくれたのも、一瞬だけですよきっと。その後、思い出したんでしょう」

「思い出した？」

「僕たちがここに来てしまったのは、僕のせいだ」

冷たい声に心がひやっとして、ワタルは声が出せなかった。背後からは楽しそうな笑い声が聞こえてくる。ワタルとタクトのいる場所だけが別世界になったように感じた。

タクトさんのせい？　一体、どういう意味だ。

タクトは空を見上げた。思い出すようにポツンポツンと語り出す。

「僕たちは付き合ってたんです。二年、一緒にいた。結婚も考えていたんです。交際は順調そのもので、仲良くやってました」

「それが？」

「あの日……僕が運転する車が、山道をスリップして事故を起こした」

その言葉で、ワタルは「僕のせいだ」というセリフを理解した。そうか、二人は同じ車に乗っていて事故を起こしたのか……。

「それぞれ病院に運ばれて……僕は気がついたらここにいました。ユイカはここには来ないでほしいと思っていた。助かって、彼女だけでも生きててほしいと。でも、来てしまったということは、ユイカもあのまま……」

「それで、合わせる顔がないと言っていたんですか……」

「だってそうじゃないですか！　僕が事故したせいでユイカの人生も奪ったんですよ。僕のせいで……！　彼女は僕をうらんでいるにちがいない」

「でも、故意ではないでしょう？　ここに来られたということは、きっと悪いことはしてないはず。ここはそういう場所なんですよ」

「でも僕のせいです。結果、ユイカを道連れにしてしまった。それがすべてなんです」

そう言ったタクトは、それ以上声をかけることができないほど意気消沈していた。ユイカがここに来てしまったことが、あまりにショックのようだった。ワタルは考え込む。

本当に、ユイカさんはタクトさんのことをうらんでいるんだろうか。会いたいと思ったのは一瞬だろうとタクトさんは言ったが、あのユイカさんの嬉しそうな顔はどうしてもそうは思えない。

だが、タクトさんに会う意志がないと聞いたあと、おとなしく引き下がったのもたしかに気になる。普通ならあんな簡単に納得しないものだが……。

ワタルがしばらく考えていると、なぜか頭に浮かんだのは、ここ最近見なくなった老夫婦、イワタさんたちのことだった。

お互いを大切に思い合って、いつも楽しそうに過ごしていた。そしておそらく思い残すことが無くなったから、ここにはいなくなった。

では、ユイカとタクトはどうなるんだろう。会いたいけど会う資格がないなんて理由で会わないまま、時間が過ぎるのを待つのだろうか。すぐそばにいるのに？

そんなの、変だ。

せっかく二人ともここに辿り着いた。だったら、会って納得いくまで話すのが一番じゃないのか。会いたくても会えない人たちも見てきた。このままでいいはずがない。

ワタルは頭を垂れるタクトに、淡々と言った。

「レストランの目の前、そこでみんな待ち合わせるんですよ」

タクトは返事をしないが、ワタルは続ける。

「誰かをずっと待ち続けて、会って喜ぶ人もいる。でも結局会えない人もいる。ここはそういう場所です。会えたあとはお互い思う存分楽しんで、そしていつのまにかいなくなっていく。ここ最近もそういう老夫婦がいました。傍から見てもとっても素敵な二人で、想い合っているのがよくわかった。僕の憧れでもありました」

「……何を」

「タクトさん」

ワタルは真っ直ぐ彼を見る。

「会いたい人が近くにいるのに会わないのは、もったいないと思いませんか」

キッパリと告げた。

イワタさん夫妻のように幸せな時間を過ごせるかもしれない、そんな可能性を持っている。なのに逃げてばかりじゃ何も始まらない。

「会って嫌われて暴言を吐かれてもいいと思います。逃げてるだけじゃどうにもならない」

「…………」

「好き合ってる人間って、傍から見てもとても温かで素敵なんですから」

タクトは叱られた子供のような顔で眉尻を下げている。誰かにこう言われることを、彼もわかっていたのかもしれない。

ワタルはゆっくり隣にしゃがみ込み、タクトに優しく声をかけた。

「探しに行きましょう、ユイカさんを。僕もまだ休憩時間ありますから、手伝います」

それを聞いたタクトは意を決したように立ち上がった。涙で濡れた頬をごしごしと拭き、しっかりと前を見る。

「お願いします。もう一度会いたい、そして謝りたい」

その力強い声と目の光にワタルはほっと胸を撫《な》で下ろし、二人で並んで歩き出す。

広いこの街を回るのは結構大変だ。探し出すのに時間がかかるだろうなあ、とワタルは思った。せめてどのあたりにいるか目星でもつかないものか、と、タクトに尋ねる。

「ユイカさん、好きなものとかありませんか？」

「そうですね……普通の女の子で、ショッピングとか、映画も好きだし……」

「ああ、でも、今は一人で楽しむ余裕なんてないかな。ううん、どこにいるかな。ここは結構広いからなあ」

唸《うな》りながら街を歩いていく。ゴミ一つない石畳の道は美しく、多くの人々とすれ違う。雑貨屋もあれば公園、カフェもある。ここから一人の人を探すのは、根気がいる。あてもなく歩いても時間の無駄だ。ワタルに至っては仕事もある。ここは手分けして探そう、と提案しかけたとき、ワタルの背後から聞き慣れた声がした。

「あれ、君はあのレストランの」

振り返って驚いた。帽子を被った男性に、白髪を一つに束ねた女性。寄り添うように並ぶ二人は、イワタ夫妻だったのだ。

「あ、あれ、イワタさん！」

「店の外で会うのは初めてだねえ。お休みかい？」

もう会えないと思い込んでいた人たちとの再会に心を弾ませながら、ワタルが答える。

「休憩中なんです！　それより、最近お店にいらっしゃらないので、どうされたのかなと思っていたんです！」

「おや、心配かけてしまったなんて、申し訳ない」

彼は頭を掻きながら謝る。夫人のほうが笑いながら言った。

「私がね、他のお店のショートケーキも食べてみようって提案して、いろんなところを見てきたんです。でも、お宅のケーキがやっぱり一番だったけど」

「そうだったんですか」

「それと、人を探してたんです。頼まれて、他人事とは思えなくてね」

「人探し？」

首を傾げると、夫人が頷いた。

「少し前にたまたまお会いしたお嬢さん、ユイカさんっておっしゃるの。恋人のタクトさんって人が来てるか知りたいって随分熱心にされてて、ついお節介で手伝いたくなって」

ワタルとタクトは顔を見合わせた。まさか、ユイカと共にタクトを探していたなんて！

二人の様子に気づかない彼女は話を続けた。

「じゃあ、ケーキを食べ歩くついでにタクトさんっていう人を探してみようって。それで、あなたのレストランから足が遠のいていたの」

「そうだったんですか……！　あの、この人が……」

「でも、もう探さなくていいって言われたから。人探しも落ち着いたし、またあなたのレストランに行くわね」

　その言葉に、タクトが息を呑《の》んだ。会う意志がないと聞いたからだろう。彼はずいっと二人に詰め寄った。

「ユイカはなんて言ってたんですか？　いやそもそも、なんで探してくれてたんでしょうか？　僕に会うつもりだったんですか？」

　突然質問攻めにされ、イワタ夫妻は目を白黒させた。だが、夫のほうがすぐに勘づいたようだ。

「ああ……君はタクトくん？」

「……はい、そうです」

　苦しそうに返事をした彼に、二人は優しく微笑んだ。そして夫は柔らかな声で話しかける。

「君も来ていたのか。ユイカさんはね、君が来てしまっているか、ずっと気にしてたんだよ。一緒に事故に遭ってしまったんだってね」

「……はい」

「だったらすぐに彼女を見つけて慰めてやりなさい。あの子は、事故が起こったのは自分のせいだと思っている。だから、君は会ってくれないんだとね」

　タクトが目を丸くした。事故はタクト自身が運転ミスしたため起こったことだ。なのになぜ、ユイカのせいになっているのか？

　夫人が言う。

「事故に遭った日、ユイカさんが星を見に行きたいと、夜の山道に誘ったから。そう言ってらしたの」

　タクトがハッとした顔になる。

　そうだったのか、とワタルは知らなかった事実に肩を落とした。ドライブに誘ったのはユイカさんのほうだった。だから、彼女は……。

「そんな……あの事故は僕のせいなんです、ハンドル操作を誤ったのは僕で。だから、ユイカを巻き込んでしまって！」

「彼女はちっともそんなふうに思ってないわ。あなたの無事を祈りながら、でもいつかは必ずあなたに会いたい。ここで待っていたいと言っていたわ」

　タクトの手がワナワナと震える。それを隣で見ながら、ワタルはすべてに納得がいっていた。

　ユイカにタクトが会うつもりはないと伝えたとき、やけにあっさり引き下がっていたのが、ワタルはどうしても気になっていた。だが今の話を聞いて理解する。ユイカはユイカで、自分のせいでタクトを死なせてしまったと思っていたのだ。そのせいでタクトが怒っていて、自分と会うつもりはないのだと思い込んでいる。

タクトの顔を覗き込むと、彼は目に涙をいっぱい溜めていた。ワタルは迷ったが声をかける。

「探しましょう。お互い誤解を解かなくては」

「……ユイカがそんなふうに思っていたなんて。僕は何も知らずに……傷つけて」

「優しすぎたんですね、二人とも。大丈夫、まだやり直せますよ」

ワタルの声に、タクトは強く頷いた。イワタ夫妻も温かな目で見守っている。夫人が言った。

「ユイカさんは、あっちにある小さな公園によくいるわよ。迎えに行ってあげなさいな」

それを聞いた途端、タクトは何も言わず駆け出した。ワタルは慌てて二人に頭を下げ、その背中を追いかける。イワタ夫妻は手を振りながら二人を見送った。

少しして、こぢんまりとした小さな公園に辿り着く。タクトとワタルが周囲を見渡すと、中にある小さなベンチに、ユイカの後ろ姿を見つけた。

タクトはすぐさま駆けていく。ワタルはその場に立ち止まり、遠くから二人を眺めた。

「ユイカ！」

彼女はその声に顔を上げる。タクトの姿を見た途端彼女は立ち上がり、喜びと、同時に悲しみに満ちたような顔をした。

「タクト……」

ユイカの前まで駆け寄ったタクトは、乱れた息を少しだけ整えて、けれどもすぐに大きな声で謝った。

「ごめん！」

突然の謝罪に、ユイカは目をまん丸にする。タクトは頭を下げたまま何度も謝った。

「ごめん、本当にごめん。僕があの日ハンドルミスしたから……だから、ユイカも連れてきてしまった」

「何言ってるの！　私が夜に星を見に行きたいなんてワガママ言ったから。本当は車を運転する予定じゃなかったのに、私のせいで……だから、タクトも怒ってたのかと」

「怒ってるわけない！　僕のせいで事故を起こしたんだから、合わせる顔がなくて」

「そんな！」

二人はしばらく自分の責任だと言い合った。どちらも引くつもりがなく終わりがなさそうに見えたが、突然タクトが黙った。ユイカは不思議そうにタクトの顔を覗き込む。

「タクト？」

「……いや、たしかに僕のせいで死なせてしまったと思ってた。合わせる顔がないって。それでも心のどこかで、こっちでもまたユイカに会いたいと思ってた」

囁《ささや》くように言ったあと、彼はそっと右手を差し出した。その手は微かに震えていた。

ユイカは目の前のタクトを呆然と見つめる。そして、彼女もまた震える手で、タクトの右手を握った。

「そんなの……私もだよ……タクトと一緒にいられるなら、私幸せだよ」

雨のように涙が次から次へと流れていく。繋がれた手からは、もう決して離れるものかという強い意志が伝わる。

そんな姿を遠くから見守っていたワタルは、もう二人は大丈夫だなと息をついた。

お互い思いやるがゆえにすれ違っていた二人だ。会いたいと思っていた人に会えた、これからゆっくりまた過ごせばいい。

くるりと公園に背を向けて、ワタルは歩き出す。

「会いたい人、か」

そう一人呟いた。

ワタルがレストランに戻ると、イワタ夫妻が座っていることに気がついた。目が合い、ワタルは笑顔で駆け寄っていく。

「いらっしゃいませ！」

相変わらず妻はショートケーキ、夫はコーヒーのみだ。静かに向かい合っているだけの二人は、とても温かく優しさに溢れているように感じた。

妻が目を細めて言う。

「こんにちは。やっぱり、ここのショートケーキが一番だわ」

「何回も食べてよく飽きないもんだ」

呆れたように言う夫に、ワタルは笑ってしまう。夫人はいいじゃないの、と拗ねながらケーキを頰張っている。そして思い出したように、ワタルに尋ねた。

「ユイカさんたち、無事会えたのかしら？」

「ええ、もう大丈夫です。多分そのうちレストランにも来てくれるんじゃないかなあと」

「ああ、よかった。若くて思い合ってる二人がすれ違ってるのはつらいものね。そう、無事に会えてよかったわ。私も主人と再会できたとき、嬉しかったから」

可愛らしくそう言った夫人の言葉に、夫はどこか恥ずかしそうに咳払《せきばら》いをした。そんな様子が微笑ましくて、ワタルは目を細めてしまう。やっぱり素敵な二人だな。

そう話しているとき、レストランの扉が開かれた。ワタルは瞬時に反応する。

「いらっしゃいま……あ！」

おずおずと現れたのは、タクトたちだった。手を繋いでやってきた若い二人は、ワタルや夫妻を見て頬を緩める。ユイカは特に、満面の笑顔を見せて歩み寄った。

「イワタさん！」

「ユイカさん、今あなたたちの話をしていたのよ」

「無事にタクトに会えました。タクトは別に私に怒ってなかったみたいで……本当にありがとうございました」

「やだわ、私たちは何もしてないじゃない。二人の想いが引き寄せたのよ」

ニコニコ笑う夫人に、みんなつられて微笑んだ。ずっと黙ってコーヒーを啜《すす》っていた夫は、低い声でゆっくりと言った。

「思いがけずこっちに来てしまったのはつらかっただろう。しかし、お互い会いたいと思える人がいるのは幸せなことだ。私は妻よりだいぶ先に来たが、彼女とまた会えると思って待つ時間はいいものだったよ」

「あなた」

「君たちも今からたくさん楽しんで。私たちみたいにね」

無口な彼が言う言葉には重みがあった。タクトたちは何度も大きく頷いている。ワタルは心が温まるのを自覚しながらも、はっと自分がウェイターであることを思い出した。まだユイカたちを席に案内していない。慌てて声をかける。

「お席にご案内します！」

「あ、お願いします」

ようやく夫妻のそばを離れ、ユイカたちを少し奥の空いている席に案内する。ユイカが嬉しそうにメニューを開いてワタルに言う。

「この前は残しちゃったけど、今日はたくさん食べられそうです！」

「それはよかったです」

タクトがワタルに向かって声をかけた。

「ワタルさん、いろいろありがとうございました。おかげでユイカに会えたし、こうやってわかり合えた。ウジウジしてた僕を引っ張ってくれてありがとうございます」

「とんでもない！　僕は大したことしてません。イワタさん夫妻はずっとタクトさんを探してくれてたみたいだから、二人のほうがずっと協力してくれていたんですよ」

首を横に振ってそう言った。むしろお節介をしてしまったと反省していたくらいなのだ。勝手にユイカに話しかけたことは、店のウェイターとしては好ましくない。

ユイカは、ふふっと笑いながら言う。

「みんなのおかげってことですよね！　それにしても、イワタさんたちって本当に素敵なご夫婦ですよね。うっとりしちゃう、すっごく優しいし。あんな二人、憧れちゃいます」

「そうですよね、わかります！　うちのレストランによく来てくれるんですけど、みんなあの人たちのファンっていうか。二人の席だけ温かい空気が流れているような……」

そう言いかけ、イワタ夫妻を振り返ったときだ。

つい先ほどまで座っていた席が、無人であることに気がついた。ワタルは言葉をなくしてその空間を見つめる。

コーヒーは八割ほど、ショートケーキでさえ半分以上残っている状態だった。

（ああ……今度こそ、もう会えないかな）

じんわりと胸が熱くなった。

もしかして、すれ違っている若い二人の行く末が気になっていたのかな。幸せそうにしているタクトたちを見て、安心したのかもしれない。

いつでも穏やかで優しい二人を思い出し、目の前が霞む。

「私、これにしよう」

「ユイカはそれが好きだよね。っていう僕もなんだけど」

　二人がいなくなったことに気がついていないタクトたちの声が聞こえた。ワタルは慌てて涙を抑え、笑顔で二人に向き直る。

「はい。少々お待ちください！」

元気にそう返事をしてその場から離れ、イワタ夫妻のテーブルの食器を下げに行く。

ワタルは心の中で夫妻にお礼を言いながら、もう続きを食べる人がいなくなったケーキとコーヒーを下げた。

#03

金色の君が見上げる空

その日レストランは、珍しくずっと空いていた。

スタッフみんなで珍しいなあ、と何度も言い合う。暇なので、シェフであるミチオもキッチンの中で椅子《いす》に座り込み、他の調理師たちとゆったり休憩しているぐらいだ。ホールスタッフたちはとりあえずダラダラと掃除をしながら過ごしている。ワタルもその一員で、あくびをしながらぼうっとしていた。客がいなければウェイターはやることがない。いやキッチンもか。改めてレストランは客が大事なんだなあと思い知る。

同僚のケンゴは、大きく伸びをして腹を見せていた。その様子を見て、ついワタルは笑う。その声に気がついたケンゴが振り返り、つられて笑った。

彼はワタルより少し前に働き始めた青年で、年も近いためワタルと仲良くなっていた。

ケンゴはワタルと違い髪を少し明るめに染めており、ピアスも開けていた。誰にでも話しかけ、すぐ仲良くなってしまう明るい性格なのを、ワタルは羨ましく思っている。仕事はテキパキとこなすタイプで、みんなから信頼を得ていた。

どちらかと言えば、ワタルとはまるでタイプの違う青年だ。もし彼らが同じクラスだとしたら、仲良くなっていないだろう。でもいつのまにか、ここに来て一番の友達となっていた。

「忙しいのもいやだけどさー、暇なのもキツいな」

ケンゴが複雑そうな顔で嘆いたのでワタルは笑った。

「それは言える。程よく忙しいのが一番だね」

「なあなあ、さっき来た女の子三人組、ワタルはどれが好みだった？　俺ショートカット」

「ええ？　覚えてないよ」

「まじー!?　結構可愛い子たちだったから、めっちゃくちゃ見ちゃったわ」

「仕事しなよ」

「やる仕事がなかったんだよ」

「でもケンゴとは絶対好み違うからなあ」

「いやいや、男は案外好きな子かぶるって。俺こんなだけど、彼女は清楚系がいい」

「そうなの？」

男同士によくあるくだらない会話。ワタルは笑いながら返事をし、ちらりとホールにある大きな窓を見た。

今日も待ち合わせの広場には人が大勢いる。あいかわらず噴水は美しい。毎日眺めていても見飽きることのないその光景は、神々しさを覚えるほどだった。

（今日もいい景色だなー）

ほのぼのとワタルは考える。しかしすぐに、その広場に何か違和感を覚えた。

なんだか今日は少し騒がしい……ように見える。ワタルは隣にいたケンゴに言う。

「ねえ、何か外が騒がしくない？」

「んー？　あれ、なんだろ。何かいつもと違う感じが」

二人で窓に近づこうとしたときだ。レストランの扉が勢いよく開き、そこから一人の女性が顔を出した。常連の中年女性だ。ショートカットで垂れ目、明るくおしゃべりでうわさ話などが好きなその人は、たしか名前をカスミといったか。彼女は何やら興奮したように目を輝かせている。

「あ、カスミさん、いらっしゃいま……」

「ごめんね、今日はお客じゃないんだけどさあ！　ねえねえワタルくん、ケンゴくん、今あの広場で珍しい子がいんのよ！　見に行かない？」

完全に野次馬の顔つきでカスミは言った。よほど興奮しているようで、ワタルたちは顔を見合わせる。珍しい子、とは？

返事をしようとしたところで、カスミはあっと何かに気がついたように、一人でしゃべりだした。

「いやでも、お仕事中だもんねえ……今はまずいか。ごめんごめん、またあとでおいでね！」

カスミはそれだけ言うと、再びドアを開けて外へ飛び出していった。結局ワタルたちが口を開くことはなく、一人でしゃべって一人で納得して嵐のように去っていった。残された二人は立ち尽くすだけだ。

「ワタル、俺口をはさむ暇なかったわ」

「僕もだよ……珍しい子がいるって言ってたね。芸能人でも来たのかな？」

二人はひどく気になり、同時に窓ガラスへ近づいてみる。一体誰がいるというのだろうか。

噴水の周りを何かが走り回っている。ものすごいスピードだ。大きな体を全力で動かしながら、ずっと走っている。そしてそれは突然ピタリと止まると、ワタルたちの視線に気がついたようにこちらを見た。

「えっ」

「うわっ」

二人の声が重なる。相手がすごい勢いでこちらに向かってダッシュする。

が、ここはレストラン。ちゃんと扉を開けてくぐらねば中に入ってこられない。だから相手は窓ガラスの前で立ち止まった。

数回ウロウロと窓の向こうを左右に動いたあと、ワタルたちに向かって大声を上げた。

「ワン！」

美しいゴールドの毛並み、引き締まった大きな体、つぶらな瞳。人懐こそうな表情をしているのは、ゴールデン・レトリバーだった。

「……おいワタル、ゴールデンがいる」

「……こっちめちゃくちゃ見てるね」

カスミが言っていた珍しい子、とは、犬のことだったのだ。

レストランの中も少しざわめいた。スタッフたちがわいわいと窓に近づいてくる。その様子に気がついたのか、キッチンにいたミチオもなんだなんだとやってくる。そして感心したように呟いた。

「珍しいなあ。犬か」

店の前のゴールデンは、嬉しそうに尻尾を振っていた。何度も窓の前を行ったり来たりして、時々鳴き声を上げる。ワタルたちに、こっちに来て！　と言っているようだった。

ワタルはミチオに尋ねる。

「犬って、見ませんよね？」

ミチオは腕を組んで考えていた。彼はワタルよりずっと前からここにいるので、知っていることも多いのだ。

「たまに見ることはあっても、すぐに消えていくよ。犬だから多分、誰かを待つなんて思考ないんだろう。ここに辿り着いて、楽しく走ったら満足してすぐ消えちまう。これが普通だろうなあ」

なるほど、と頷く。たしかに、ここにいる人たちはみんな会いたい人を待っていることがほとんどだ。願いが叶えば消えていく。そんな世界で、犬が残り続けるということはなかなかないだろう。

あの子もすぐにいなくなるのかな。楽しんで安らかに眠れるならそれでいいか。

そう三人で納得し、犬を眺める。時々レストラン前を通る人たちが犬を見つけ、可愛がり撫でていく。犬は嬉しそうにしながら大人しく撫でられていた。かなり人懐こい犬らしい。正直ワタルも触りたくてうずうずしていたが、飲食店勤務ということもあり我慢していた。恐らく、ケンゴやミチオもそうだった。

だがそれからしばらくしても、犬は消えることはなかった。

店の前に伏せて、じっとしている。たまに触られて愛想を振りまく。それを何度も繰り返し、その場から離れることも、消えることもなかった。

客も店員も、みんなそのゴールデン・レトリバーを気にかけていた。

「おいおい、中には入れるなよ」

休憩時間、困ったようにミチオが苦笑いした。しめし合わせることもなく、結局店の外に出た三人。ミチオの前には、ゴールデンを撫で回すケンゴとワタルがいる。犬は待ってましたとばかりに喜び、ワタルたちに笑いかけていた。なぜかはわからないが、ワタルたちを気に入っているらしい。ケンゴに至っては抱きついていた。

「ちゃんと着替えるし、手も洗います！」

ワタルは撫でながら言う。

「同じく！」

青年二人はデレデレに顔を溶かしながら存分に毛並みを堪能している。どうやら二人ともかなりの犬好きらしい。ミチオは頭を掻く。

「まあ、ならいいけどよ。何度も言うけど、うちは飲食店だからな」

そう小言を言うが、彼もわざわざ外に出てきたということは、犬のことが気になっていたに違いなかった。むしろ、その視線は撫でているワタルたちが羨ましいと言っている。

ワタルは、ふわふわの毛を何度も撫でる。

「よく手入れされてるね」

「な！　綺麗だし、人懐こいし、めちゃくちゃ可愛い。えっとー、あ、オスじゃん」

「男の子かあ。老犬って感じもあんまりしないよね」

「ずっとここにいるけど、まさか飼い主待ってるとか？」

ケンゴの問いかけに首を傾げる。そうなんだろうか。もしそうだとしたら、すごく賢いし健気な犬じゃないか。

ふとワタルは、金色の中に隠れた紺色を見つけた。ゴールデンの首にあったのは、紛れもなく首輪だ。長毛に埋もれてやや見にくいが、やはり飼い犬であることは間違いなかった。

ワタルはそこに、文字が書いてあることに気がついた。

かなり薄れてきているが、たしかに白い文字でそう書かれている。

『ALEX』

「ケンゴ見て。アレックスだって」

「え？　アレックス？」

ケンゴがこちらを覗き込もうとしたとき、犬が大きな声で吠《ほ》えた。舌を揺らしながら、全身を使って二人に飛びかかってくる。やけに嬉しそうだ。ワタルはその体重に耐えきれず尻もちをつきながら、話しかけた。

「名前に反応してる？　アレックス？」

まるで返事をするように、また吠えた。なんと賢い、自分の名前もちゃんとわかっている。

黙っていたミチオが感心するように言った。

「大事にされてたんだろうなあ。賢いし、もしかすると本当に飼い主を待っているのかもしれないぞ」

ワタルはアレックスの顔を正面から見る。真っ黒な瞳に自分の顔が映し出された。無垢《むく》で優しい顔立ちに、微笑まずにはいられない。

「泣けますね……」

ミチオは腕を組み、考え込む。

「とはいえなあ。人間の寿命と犬の寿命は大きく違うからなあ。飼い主の年齢にもよるが、長く待つことになるかもしれないな。待ってる間に犬なら忘れてしまうかも」

「それもそうですね……」

「仕方ねえな。ちょっと待ってろ」

ミチオはそう言うと一旦店に戻っていく。ワタルはケンゴと二人、アレックスを撫でながら、この犬の健気さに心打たれていた。

「飼い主どんな人なんだろうね」

「めっちゃいい人だろうな！　いいなあ、人と人の待ち合わせもたくさん見たけどさ、犬と飼い主の再会ってのも泣かせるだろ」

「いいね、僕は見てみたいなあ」

頭の中で想像する。飼い主がようやくやってきて、アレックスがそれに気づく。嬉しそうに尻尾を振りながら飼い主の元に駆けていって、それを強く抱きしめる……そんなワンシーン。映画の見過ぎだろうか。

ワタルはアレックスを見下ろしながら尋ねる。

「お前のご主人は、どんな人なの？」

答えられるわけもなく、アレックスはただワタルの視線を見つめ返した。

しばらくしてミチオが両手に何かを持って帰ってくる。白い皿二枚だ。彼は無言でアレックスの前にそれを置いた。水と、それから食べ物だ。

アレックスはすぐさま飛びついた。見ているこちらが気持ちよくなるほどの食べっぷり。ワタルはミチオに聞いた。

「あれ、なんですか？」

「鶏ささみと米を煮たやつだ。犬用に作った。あれなら食べても健康に問題ない」

「まあ、この世界で健康も何もないと思いますけど……」

「気持ちの問題だよ」

笑いながらミチオが言う。優しいな、とワタルも微笑んだ。ケンゴは一瞬で空になった皿を嬉しそうに持ち上げる。

「もう食べた！　早い！　美味しそうだったなー。さすがミチオさんの料理！」

「まあな。可哀想だから、見かけたときには飯ぐらいやるか。そのうちどっか行くかもしれないけどな」

ミチオはそう言って、使った白い皿はアレックス専用にしようと言った。ワタルたちも頷いて同意した。


それから何日か経った。

ワタルたちはいつもと変わらぬ日々を送っている。繁盛するレストランで働き、目まぐるしく動き回る。楽しく充実したそんな毎日の中に、アレックスがいつのまにか入り込んできた。

たまに、いなくなるときもある。ワタルは一度、アレックスが街中で子供に囲まれている様子を見たことがある。アレックスは、人気者も大変だという顔をしていたので、つい笑ってしまった。

しかし、いつも思い出したようにレストランに帰ってくる。飲食店の玄関に犬がいるのもよくないので、そういうときはワタルたちがこっそり裏口へ連れていき、ミチオが用意した食事を与える。アレックスは嬉しそうに頬張り、完食するとその場に寝そべって長く休んだ。

アレックスは完全に、レストランのスタッフの癒しになっていた。

そのうち消えていなくなるだろう、と思っていたみんなの想像を裏切り、アレックスはずっと存在していた。遊び回っても、美味しいご飯を食べても、きっと彼はまだ足りない。満足していない。もう前に別れた飼い主を待っているのだと、認めざるを得なかった。

そんなアレックスは巷《ちまた》でも有名になっていた。犬の存在が珍しいこの世界に、長くいる犬。賢く人懐こい。飼い主を待っているという、涙をさそう物語は、多くの人たちの心を打った。ワタルはアレックスの世話をしながら、飼い主と早く会えるといいな、と祈っていた。


その日、アレックスはしばらく店を離れていた。どこかで遊び回っているに違いない。

働くワタルがたまたまレストランから外に目をやったとき、アレックスの姿が見えた。お、久しぶりに帰ってきたか。アレックスはワタルと目が合うと、もう慣れたように自分で裏口へ回っていった。あまりの賢さに、笑ってしまうほどだ。

ワタルはミチオにそれを告げると、ミチオは合間をぬって飯を作る、と言った。だが生憎《あいにく》、その時間のレストランは満席で大変忙しかった。流石《さすが》に客の料理から作らねばならないミチオはなかなかアレックスの食事に手を出せず、時間だけが経っていた。

「いらっしゃいませ！」

入口が開いた音がしたのでワタルが声を上げた。見ると、そこに立っていたのは男女二人。ユイカとタクトだった。

彼らはワタルを見つけて笑顔を見せる。

「こんにちは、ワタルさん！」

「こんにちは！　お久しぶりですね」

「ふふ、いろいろ遊んで回ってたら夢中になっちゃって」

「楽しんでいるようで何よりです。今ちょうど窓際の席が空いたんです。そちらへどうぞ」

「流石の人気店ですね」

二人は嬉しそうに窓際の席へと移動する。ワタルがメニューを彼らに渡していると、窓の向こうで、アレックスが『ご飯はまだか』と催促するようにワタルを見ていた。待ちきれずに、裏口から戻ってきたのだろう。ワタルは反射的にアイコンタクトを取る。ごめん、もうちょっと待っててくれるか。

そんな反応をした自分に笑ってしまった。犬相手に、アイコンタクトなんかをしてしまった。でも伝わってる気がするから凄いな。

笑ったワタルの視線に気がついたのか、ユイカたちが外を見る。そこで、ユイカは嬉しそうに声を上げた。

「可愛い！　犬なんてここで初めて見た！」

ユイカたちはまだアレックスに出会っていないらしかった。ワタルは頷いて言う。

「可愛いですよね。犬は珍しいらしいです。飼い主を待ってるみたいで、少し前からいるんですよ」

タクトは感激したように目を丸くする。

「飼い主を待ってるなんて！　そんなことがあるんですね」

「僕もびっくりしました。アレックスっていう名前なんです、首輪に書いてあって」

そうワタルが話したとき、ユイカが驚いたような顔をした。

「アレックス？」

そう問いかけてくるので、ワタルは頷いた。

「そうですよ、アレックスです」

その返答を聞いてユイカが黙り込む。再び窓の外をじっと眺めて、アレックスを見つめた。何かを考えるように小声でブツブツと呟いている。

不思議に思いながら、ワタルは声をかけた。

「ご注文はお決まりですか？」

「あ、はい。僕はこれで。ユイカは？」

「あ、えーと、私はこれ」

「かしこまりました。少々お待ちください」

ワタルはオーダーを通すために、すぐにそこから離れた。一度、振り返ってユイカの顔を見ると、彼女はまだ何かを考えているような顔をしていた。


二人が料理を食べ終わる頃、店内はだいぶ空いてきていた。ミチオはようやくアレックス用のご飯を作り、冷ましながら、それをワタルに渡す。「長いこと待たせてすまない」とぼそっと言うミチオのことを、ワタルは優しい人だな、と思う。

ミチオから受け取った料理を手にし、それをアレックスの元へと届けるため店外へ出た。アレックスはいつのまにかまた裏口に戻っており、待ちくたびれたとばかりに伏せて寝ていた。

そんな彼のそばに、二つの影が見える。タクトとユイカだった。ユイカはアレックスの隣にしゃがみ込み、背中を撫でながらどこか暗い顔をしている。ワタルは声をかけていいか迷ったが、なんせご飯をあげなくては。そう思い、明るい声で話しかけた。

「お待たせアレックス！」

声に反応し、アレックスが頭を持ち上げた。すぐさま激しく尻尾を振り、喜びをいっぱいに表現している。ワタルが皿を置くと、勢いよくそこへ飛びついて食べ始めた。大きな獣の口で一気に頬張っていく。

ワタルはユイカに言った。

「お腹空かせてたみたいですね、待たせちゃったな」

ユイカがこちらを見上げる。その顔は困ったように微笑んでいた。気になったワタルは、ついに聞いてしまう。

「もしかして、アレックスを知ってたんですか？」

ユイカは視線を落とした。食事をするアレックスの背中を撫でながら、小さく頷く。

「はい。近くで見てみたら、やっぱりそうでした。私の近所で飼われていたアレックスです」

「すごい偶然ですね！　飼い主さんとお知り合いだったんですか？」

「はい。時々散歩で見かけては触らせてもらっていました。賢くて人懐こくて凄く可愛い子で。うちは犬を飼えなかったから、羨ましいなあって」

「そうだったんですか。アレックスが待つ飼い主さんってどんな人なんですか？　大事にされていたんでしょうね」

ワタルが言った言葉を聞いて、ユイカの手が止まる。すでに食事を食べ終わったアレックスは、ユイカを不思議そうに見上げた。タクトもユイカの様子が変なことに気づいており、心配そうに見ている。

「凄く大事にされてました……可愛がられて」

「やっぱり。これだけ飼い主を待つんですから、きっと凄く愛されて」

「でも多分、飼い主は来ないと思います」

突然、暗い声でそう言ったので、ワタルは耳を疑いながらユイカを見る。彼女は膝を抱えたままじっと座り込んでいた。

「来ない？」

「多分来ないですよ。来られないです。私はそう思います」

ユイカはどこか冷たい声で答えた。タクトは戸惑ったようにユイカに尋ねる。

「なんでそう思うの？」

少しの間、沈黙が流れた。アレックスはユイカに擦り寄るように頭を寄せている。

それを撫でながら、ユイカは泣きそうな声で言った。

「子犬の頃からずっと大事にされてました。可愛い可愛いって。ただ正直、ちょっと変な人だったんです。女の人で、よく彼氏っぽい人と喧嘩《けんか》する声とか響いてくるような。尋常じゃない声で、警察が呼ばれることもあったみたいです」

「女性だったんですか……」

「恋愛が絡むと人が変わっちゃうのかも。でもアレックスに関してはいい人そうだから、私は世間話くらいはしてたんです。それがある日……」

ユイカが口籠もる。それでも意を決したように言った。

「今の彼氏と結婚できそうだ。もう寂しくないから、アレックスは保健所に連れていくんだ、って」

ワタルたちは息を呑んだ。予想外の言葉に、なんと答えていいかわからない。

犬や猫などを殺処分する愚かさを、なんとかしようとする活動は広がっている。年々処分される動物の数は減ってきているようだが、それでも、とても多くの犬が殺処分されている現状だ。猫のほうがさらに上を行く。

保護されたあと、飼い主が誰かわからず、ずっと現れないこともある。はたまた飼い主自身がペットを保健所に連れてくることもあるという。

ワタルはアレックスを見た。キラキラとした目で、彼は見つめ返してくる。情けなくも口を開けたまま言葉をなくしたワタルの隣で、タクトがあっと声を上げた。

「もしかして前、ユイカが里親探してたって、この子の？」

彼女は、こくんと頷く。

「里親探しをなんとかするから、ちょっとだけ待ってくださいってお願いしたんです。元の飼い主さんは、もうアレックスに興味がなくなったみたいで里親も探してないみたいだった。うちではどうしても飼えなかったし……友達に聞いたり、ネットに書き込んだり。でもその途中、私はこっちに来てしまって」

「……じゃあ、アレックスは」

声が震える。もしかして、彼がここに来た理由は――

飼い主に、保健所に連れていかれたから？

わっとユイカが泣く。それを不思議そうにアレックスは見つめた。

「結局こうなっちゃったんだ……！　そのうえ、飼い主をいまだに待ってるなんて。きっと来ないよ、こんな簡単に命を放り出した人、ここに来る資格なんてない。ううん、来られなければいいのにって私は思ってる」

泣きわめくユイカをワタルは呆然と見つめながら、心が冷たくなっていくのを感じた。

もし彼女の言うことが本当なら、ワタルも同じことを思う。自分の都合で生き物を容易《たやす》く手放してしまうような人間が、ここに来られるわけがない。いくらアレックスが待っていたとしても、きっと会うことはないだろうと。

いや、もし万が一来たとして……。相手はアレックスをどうするのだろうか？　自分が殺した相手を、笑顔で受け入れるわけがないだろう。どちらにせよ、感動的な再会はあり得ない。

ゆっくり視線を落として金色の毛並みを見た。泣くユイカを心配するように、アレックスは小さくクーンと声を漏らした。それに応えるように、ユイカは彼の頭を必死に撫でる。

「ごめんね。助けてあげられなかった」

黙っていたタクトが、ワタルに恐る恐る尋ねた。

「このままアレックスは待ち続けるしかないんでしょうか。自分を捨てた飼い主を待ち続けるなんて」

「……ミチオさんが言ってました。会いたい人に会えないこともある。それを解決するのも、やはり時間なんだと」

「時間……」

みんながアレックスに注目する。彼は今、何を思っているんだろう。

大事にしてくれていた飼い主についていった場所で殺され、その状況を理解しただろうか。何が起こったのかわからずただ苦しみ、最期のその瞬間まで、飼い主を想っていたんだろうか。そして死んでもなお、会いたがっているんだろうか。

待てども会えない苦しみを、彼は抱えていかねばならない。

ワタルは、そっとアレックスの正面に座り込んだ。目の高さを合わせ、その黒い瞳に自分を映すと、力無い声で言った。

「アレックス。君はご主人には会えないみたいだ。待っていても、きっとやってはこないよ」

アレックスは、おとなしくその言葉を聞いていた。座ったままじっとワタルを見ている。

「もし会えたとしても、君にとっていい再会になるかどうかもわからない……忘れて、楽しいことをしていたほうがいいよ」

人間の言葉なんて伝わるわけがない。理解できるはずがない。それでも、話しかけずにはいられなかった。飼い主のことを信じている彼のことが、あまりに不憫《ふびん》で仕方なかったから。

頭を撫でようと腕を伸ばしたとき、ワタルはハッとした。アレックスの目が、あまりに真っ直ぐワタルを見ていたからだ。

涙がこぼれそうなほど潤んだ瞳は美しく、同時に寂しかった。その瞳の力が、ワタルに何かを訴えかけているように見える。凛とした姿。何かを決意しているような目の色。

囚われたように動けなくなったワタルは、不思議とこう思った。

……もしかして、わかってる？

飼い主が自分を捨てたこと、わかってる？

そのせいでここに来てしまったことも、わかってる？

それを踏まえた上で、待つ覚悟を決めている？

(……そんなわけ、ないよな)

ワタルは心で呟いた。いくら賢いといっても、相手は人間じゃない。それに自分を殺した相手を待つなんて、流石にそんな寛大な心はないだろう。違うはずだ。

違っていてほしい。

そう願いつつ、それ以上声をかけるのをやめた。いまだ真っ直ぐにこちらを見てくる瞳が、あまりに苦しくて見ていられなかった。


ユイカから聞いたことを、ミチオやケンゴに話した。彼らは憤慨し、悲しんだ。ミチオは考え込むようにじっと黙り、ケンゴは怒りで顔を赤くして声を荒らげる。

「そういう奴らはほんっと許せないな！　生き物をなんだと思ってんだよ。そんなクズ、絶対ここに来れねーよ」

「まあ、来られないだろうなあ、と僕も思うよ」

「でも来ないなら来ないで、可哀想なのはアレックスだよなあ。あんなに可愛いのに」

そう思い悩んでも、何もできることはない。待つと彼が決めたのなら、それを邪魔することは無理なのだ。

黙っていたミチオが口を開いた。

「周りがとやかく言っても無駄だな。アレックスは飼い主に会いたい、おそらく会えない。悲しいけどそれが真実だ」

「そんな……」

「でも、待つ時間を楽しくしてやることはできるんじゃないか。……よし、決めた」

ミチオはそう決意したように言うと、突然その場からいなくなった。ワタルとケンゴは、ぽかんとしながら待った。

しばらくしてミチオが帰ってきたかと思うと、どこで手に入れたのか、木材をたくさん抱えている。ワタルはその木材を指さして訊く。

「そんなのどこにあったんですか？」

「ここには無いものはねえよ。今は客あんまいないだろ、お前たち手伝え」

そう言って、外へと飛び出した。ワタルたちは他のスタッフに一言告げ、目をチカチカさせながらとりあえず言葉に従う。

店の正面入り口より少し離れたところに、ミチオはしゃがみ込んでいた。手に持っていた木材たちを大きく広げ、何やら唸っている。ケンゴが不思議そうに言った。

「ミチオさん、何してんすか？」

「あいつの家を作ってやろうと思って」

木材を手に取りながら突然そんなことを言ったので、二人は驚いて目を丸くする。

「え！　飲食店だからとか散々言ってたの、ミチオさんじゃないすか！」

「そうですよ、しかも表のほうに。いいんですか？」

「中じゃなきゃいいだろ。入り口すぐ横じゃなきゃ平気平気。あいつは賢いから、犬が苦手な人には飛びかからないだろ」

最初とまるで考えが変わったようだ。ミチオが決めたならいいだろう、そう思いワタルたちも手伝いだす。今まで犬小屋の作製なんてしたことがないワタルだが、ミチオとケンゴに言われるがまま動いた。ミチオたちは経験があるのか、なかなかスムーズに動いている。

時間をかけてそれは完成した。やや歪《いびつ》なところもある、でも丁寧に作られた犬小屋だった。ミチオは満足げに頷く。

「あとは時間あるときに、お前ら色でも塗ってやれ」

「めっちゃいい仕上がり！　でも本当にいいんですか？」

ケンゴの問いかけに、ミチオは微笑む。

「いいんだよ。待ち人を待つのに、家もないのは可哀想だろう。好きなときに帰ってきて、好きなときに出かければいい。これはあれだ、ほら、えーと、看板犬だ。人の出入りが多いほうが、あいつも楽しめるだろう」

そう言ってミチオが笑ったときだ。まるで見ていたかのようにタイミングよく、裏からアレックスが歩いてきた。ゆっくりとした足取りでワタルたちに近づくと、すぐに犬小屋に気がついた。

クンクンと匂いを嗅ぎながら様子をうかがう。ミチオは言った。

「アレックス、お前の家だ。好きなときに帰ってくればいい」

中の様子を見ながら恐る恐る入り込んだ。三人はアレックスの反応をじっと見つめる。小屋から顔を出したアレックスは、目を細めてニコッと笑ったように見えた。

「ワン！」

大きくそう吠えたのを聞いてミチオたちが笑う。気に入ってもらえたようだ。

ちょうどそのとき、道を歩いていた老夫婦が声をかけてきた。

「あら！　可愛いわね、素敵なワンちゃん！」

ワタルは振り返って笑顔を見せた。

「うちの看板犬のアレックスです！」

「あら？　いいお家でよかったわね！　可愛らしいわ」

褒められたアレックスは尻尾をぶんぶん振っている。とりあえず、今ワタルたちにできることはこれくらいしかない。

会うこともない人を待ち続ける。そんな彼が、少しでも楽しく日々を過ごせますように。

ミチオが肩を回しながら言った。

「さーて。またアレックスの飯でも作るか、ささみのやつを……うーん、ほかにもレパートリー増やしてやんないとだな。犬用の飯なんかあんま思いつかないな」

「ミチオさん、すっかり飼い主気分！」

「ケンゴに言われたくないな」

「でも俺、犬飼うの夢だったんすよー、特に大型犬！」

「おう、俺は飼ってたぞ。昔だけどな、アレックスと違ってちょっとマヌケの……」

二人は笑いながら店に戻っていく。ワタルは最後に振り返ってアレックスを見る。

満足げに小屋の中で座る彼を見て、そっと微笑む。

ここで楽しく暮らそうな、お互い、待ち人を想いながら。

待ち合わせ場所にあるレストランに、新たなスタッフが加わった。彼はいたりいなかったり、気まぐれで出勤する。持ち前の愛嬌《あいきょう》と賢さで、来店する人たちを笑顔にさせた。

いつでも楽しそうに、嬉しそうにしている彼だが、ふとしたときに、じっと空を見上げている。

その瞳に何が映っているのか？　想像すると、ワタルは胸が苦しくなる。

#04

無邪気に遊んだ日々を、もう一度

客が食べ終えた皿を下げに向かうと、すべて綺麗に完食してあった。やはり店で働く者として、完食されているのを見るのは嬉しい。ワタルは微笑みながらそう思った。

皿を下げたあと、しっかりテーブルを拭いていく。清潔感は大事だ、いくら料理の味がよくたって、汚い店じゃ台無しになる。一つ一つ丁寧に拭き、汚れが残らないように努めた。

忙しさのピークは終わったか。ふうとため息をつきながら自然と首を回す。料理を運ぶのは意外と力がいるし、疲れるものだ。

いつものように天気は最高だった。ちょうどいい気温に心地よい日差し。気持ちが晴れやかになる光景だが、時々雨が恋しくなるのは贅沢《ぜいたく》だろうか。ワタルはそんなことを考えながら、窓から外を見ていた。

今日も広場は賑《にぎ》わっている。だが同じくらい、レストラン入り口にも人が集まっていた。みな笑顔でしゃがみ込んでいる。

ははーん、うちの看板犬ですね。

窓に近づいて見てみると、やはり、このレストランの看板犬が店の前で寝そべっていた。いたりいなかったり気まぐれな看板犬だ。さっきまでどこかへ散歩に行っていたらしいが、知らぬ間に帰ってきたようだ。人々は珍しい犬の存在にはしゃいでいた。賢くて人懐こい、とても優しい犬だ。人間のことが好きでいつも嬉しそうに尻尾を振っているが、あまりに人が集まって触られすぎると、時々『やれやれ』みたいな表情をしている、気がする。そんなとき、ワタルはレストランで作った食事をあげる。彼への給料とも言える。

アレックスの存在は、すっかり名物になっていた。

その看板犬に、特に懐いている子がいる。小さな男の子だ。今日は長毛に思い切り顔を埋め、抱きついている。されるがままのアレックスも優しい犬だなあ、なんて、ワタルは微笑ましく見ていた。

「あ、あの子、シンタロウじゃん」

背後からケンゴが声をかけてきた。ワタルは頷く。

「随分アレックスを気に入ってるみたいだよ」

「よかったな。あの子、いつも一人だったから」

ホッとしたようにケンゴが言う。ワタルも心の中で同意していた。

シンタロウの年は十歳。少し小柄ながらもとても元気な少年だ。シンタロウは結構前からここにいるらしく、ワタルより先輩らしい。一人でいろんなところを歩き回ったり、レストランに食べに来たりしている。

この世界で子供一人というのは、それほど珍しいことではない。以前もハルカという女の子を見たことがあったが、幼いながらも両親を待つという子は意外といるものだ。

だが、シンタロウはちょっと違った。大概子供は親を待つ。子にとって親の存在は絶対だからだ。しかし、シンタロウは両親を待っているわけではなく、会いたい友達がいるというのだ。

シンタロウが初めて店に来たときは、とてもおとなしい子供だったという。ミチオがレストランに誘ったらしいのだが、料理を待っている間はソワソワ落ち着かない様子で静かにしていたものの、料理を出した途端、すごく喜んで「おいしい」と何度も大きな声で言いながら食べたらしい。あまりの喜びように、スタッフみんな驚きつつも笑ってしまったそうだ。それ以来、このレストランの常連になっていた。

ほかにも公園で遊んでいたり、噴水周りで散歩をしていたり。だが、彼はいつでも決まって一人だ。なかなか新しい友達もできないらしい。時々見かけたケンゴやミチオが声をかけて一緒に時間を過ごすこともあった。いつ寂しいと泣き出すかと心配だったが、彼は飄々《ひょうひょう》としていた。

「いい友達ができたみたいでよかったね」

ワタルは笑って言う。うちの看板犬、気に入ってもらえたようで何よりだ。

しばらくシンタロウはアレックスと遊んでいた。だいぶ時間が経ったところで、ようやく離れ、店に入ってくる。白い歯を見せて笑顔で駆け込んできた。

「こんにちはっ!!」

ケンゴが振り返って返事をする。

「おー、いらっしゃいシンタロウ！　好きな席座れ」

「僕、犬が見えるこーこ！」

窓際の席にピョンと飛び乗った。最初は緊張していたうちの店にも、随分慣れたものだ。シンタロウは窓からアレックスを見ながら一人笑っている。

「ねーねー、あのワンちゃんどうしたの？」

ワタルは水を差し出しながら答える。

「誰かを待ってる賢い子だよ。アレックスっていうんだ。うちで時々ご飯をあげてる。お家も作ってあげたんだよ」

「すっげー！　かわいかったあ。僕の手、舐めたんだよ！」

「可愛いよね」

「可愛いー！」

嬉しそうに言うその顔こそ、可愛い。そうワタルは心の中で思った。

「シンタロウくんは犬好き？」

「大好き！　最近退屈してたんだ。犬が来てくれて楽しくなりそう」

目をキラキラと輝かせながら嬉しそうに言う。ワタルはメニューを広げて差し出した。

「友達ができてよかったね」

「うん。僕友達二人目だ、嬉しいな」

「一人は、今待ってる人？」

「そう！　学校の友達。早く会いたいけど、まだまだかなあ。一緒に遊びたいなあ」

小学生の子供が友達を待ち続けるのも珍しい。だが、当然ながら相手はシンタロウよりずっと大人になっているだろう。再会できたとして、幼少期の頃の友達と会っても、気づかないかもしれない。そんな不安があるのだが、余計なお世話だからそれをシンタロウに言うことはない。

会えるかどうかもわからない。それでも、シンタロウが満足するまでここにいるだけだ。

「僕の一番の友達、今どうしてるのかな。さ、食べたらまたアレックスと遊ぼーっと」

地面につかない足をぶらぶらと揺らしながら、シンタロウは嬉しそうに言った。レストラン中が微笑ましく、その光景を見ていた。

食事を終えたシンタロウは、アレックスと共にどこかへ去っていった。二人で散歩でも行くのだろうか、とワタルたちは見送る。リードもないが、アレックスはシンタロウから離れることなく寄り添って歩いていた。あの賢い犬なら大丈夫だろう。

ワタルはシンタロウが食べ終えた皿を下げる。そこに、ケンゴがやってきた。空になったアレックスの小屋を見つめながら、ぼそっと呟く。

「シンタロウ、よかったなあ。俺たちも構ってやれるときはそうするけど、どうしても一人の時間が長かったから」

「ああ、そうだね。子供なのに、友達に会いたくてずっと待ってるなんて珍しいよね。大人ならあり得るかもしれないけど」

「うん、それは多分……」

言いかけてケンゴは口籠もる。ワタルは不思議そうに見たが、それ以上ケンゴは何も言わなかった。ワタルを手伝いテーブルを拭きながら、話題を変えるように言う。

「とにかく、結構長い間待ってるんだから、その友達とやらに会えるといいんだけどなー」

「ああ、そうだね。会えなくて悲しい思いをしなければいいけどね」

そう答えながらトレイを手にしたとき、レストランの入り口が開く音が店内に響き渡る。高い鈴の音だ。

反射的に振り返りすぐに行ってみると、一人の男が立っていた。辺りをキョロキョロ眺めている。もしかして、この世界に来たばかりの人だろうか。

ワタルは笑顔で話しかけた。

「いらっしゃいませ！」

「ああ……」

年は四十代後半ぐらいだろうか。どこか疲れたような顔をしている。くたびれたスーツを着て、頬や顎には無精髭《ぶしょうひげ》が生えていた。白髪交じりの髪、猫背気味の体。疲れたサラリーマン、というのが第一印象だった。

「お好きな席へどうぞ。窓際も空いていますから」

「ああ、うん」

男は無愛想に返事をして、窓際の席に腰かけた。ワタルはメニューを差し出しながら言う。

「品ぞろえは豊富です。お決まりになりましたらお呼びください」

「あー、あのさ」

「はい？」

「酒もある？」

「ええ、ワインなどもそろえています」

「ふーん」

男は少しだけ嬉しそうに顔を綻ばせた。だが、すぐにつまらなそうに口をへの字にさせる。メニューから視線をずらし、窓の外を眺めた。

「ここ、いい場所だな」

「あそこは待ち合わせの場所なんです。ほら、いろんな人が広場で待っている。目立つしわかりやすいので、人が集まりやすいんですよね。どなたかをお待ちですか？」

「待つ？」

「もう一度会いたい人。家族とか、恋人とか、友達とか……」

ワタルの説明に、男は鼻で笑った。

「へー、なるほどね、みんなそれで随分嬉しそうだったりしてるわけか。俺は全然違うね。会いたい人間なんか一人もいねえわ。クソみたいな人生でよ」

吐き捨てるように言われた言葉に、ワタルは驚いて目を丸くさせた。ここに来る人は大概朗らかで優しいので、彼みたいな人は珍しかったのだ。しかも、クソみたいな人生、だなんて。

「でも、ここに来られたのなら、あなたは生きてるときに悪いことなんてしなかったのでは？　悪人は来られないんですよ」

「おお、そりゃあれだな。悪人は来られないかもしれないが、善人しか来られないわけではなさそうだ。俺は何もしなかったよ。悪いこともしなかったし、良いこともしてない。ただ追われるように働いて若い奴らにウザがられていた悲しいヤツだよ。親とは折り合いが悪くて、若い頃家を出て以来会ってないし、向こうも何も言ってこねえ。結婚もしなかったし、友達は既婚になれば次第に疎遠になってく。会いたい人間なんて、全然いねえ」

そう苦々しく笑った男に、ワタルはどう答えていいかわからなかった。そりゃあ、そういう人生もあるだろう。誰かの人生を他人がどうこう言う権利はない。だが、本人がクソみたいな人生、と呼ぶなんて、悲しいじゃないか。

男は窓の外をぼんやり見ながら尋ねた。

「待ちたい人間がいないやつはどうなるんだ」

「え？　ああ、時間が経てば自然と消えていなくなるみたいです」

「ほう、じゃあ俺ものんびりしてりゃ、知らぬ間に消えてるってわけだな。はは、切ないねえ。誰にも気づかれず一人でいなくなるんだろうねえ」

「…………」

「赤ワインちょうだい。ツマミは適当におまかせ」

男はそう言い捨てた。ワタルは返事をして、頭を下げてからその場を離れた。

ちらりと振り返ると、やはり男はあの噴水をどこか羨ましそうに見ていた。ワタルは何も言わず、オーダーを通しにキッチンへ行った。

男はワインを何度もおかわりし、食事も食べ尽くすと店から出ていった。それ以降、定期的に店を訪れるようになる。

いつも頼むのは酒ばかりだった。それを飲むときも、非常につまらなそうに飲むばかりで、決して明るい表情とは言えなかった。笑顔で食事をする周りから、彼はやや浮いていた。

ワタルは来店のたび、一言二言会話を交わすようになった。そこで男の名前はエンドウということを知った。どうも気に入られたようで、他のスタッフには声をかけないがワタルには挨拶をしてくるようになっていた。

慣れてくるとエンドウは結構おしゃべりな男だった。仕事中のワタルに酒を勧めてくるのは少し困ったが、無理強いというわけでもない。ノリがちょっと古いおじさんなのだ。

断るたびに少し残念そうにするのを、ワタルは気がついていた。もしかしていつもつまらなそうにしているのは、一緒に飲む相手がいないからなのか。誰かと向き合って話しながら食事をしたいのかもしれない。

そう思ったが、まさか仕事中に座って飲食はできない。ワタルはいつも断ることしかできなかった。

ある日、ワタルは時間ができたので一人で街を歩いていた。ケンゴも休みが一緒ならどこかへ二人で行ったのになあ、なんて思いながら、あてもなくぶらぶらと歩き回っている。

さて、これからどうしようか。そう悩んでいるとき、背後から声がかかった。

「おーい、兄ちゃん！」

大きな声にギョッとして振り返ると、そこにいたのはエンドウだった。彼はアルコールのせいか、赤ら顔でワタルに駆け寄ってくる。

「あ、エンドウさん！」

「おーおー、休みかい？」

「はい、ちょっとぶらぶらしてただけで」

「そうなんか！　一緒に酒でも飲まねえか？　一向に消える気配もないもんでよ、一人では飲み飽きてて。ちょっとでいいから付き合ってくれ」

顔の前で手を合わせられ、ワタルは困る。一緒にお酒を飲むという誘いを、こんなに懇願する人は初めて見た。ワタルは酒が好きではなかったが、いつも断っていた罪悪感もあり、仕方なく頷いてしまった。

「じゃあ、少しだけ」

「おお、じゃあさー、あんたの働いてるところじゃ気まずいかもしれんし、あそこの店に入ろう」

嬉しそうにエンドウが指した先には、小さなバーがあった。ワタルは入ったことがない店だ。背中を押され、その店に移動させられる。

ガラス製の扉を開けると、薄暗い店内が広がっていた。カウンターのみの小さな店で、客は他に誰もいなかった。店員と思しき三十代ぐらいの男性が微笑んだ。

「いらっしゃいませ」

「お邪魔するよ！　座れ座れ。えー、俺は何でもいいからおすすめを作ってくれ。兄ちゃんもそれでいいか？」

「あ！　僕アルコールは……すみませんが、ノンアルコールで」

「かしこまりました」

初めて来る場所にキョロキョロしてしまう。ワタルのレストランとはだいぶ雰囲気が違う場所だ。でも、大人はこういうところのほうがいいのかもな。エンドウさんみたいに、待ち人もいないという人なら特に。

少ししてドリンクが運ばれた。エンドウには淡いブルーの、ワタルのは桃色をした美しい飲み物だった。少し飲んでみると、あっさりとした果実の酸味を感じて唸る。うちのレストランにはないものだなあ。

エンドウは、やけに嬉しそうに笑顔で飲んだ。

「誰かと飲むなんていつぶりかなあ。ここに来る前もよ、仕事上はあってもプライベートは全く無かったわ。寂しい人生だったねえ」

「ええと、お仕事をがんばられていたんですね」

「働かなきゃ生きていけないからな。それだけだよ。やりがいもない。上司には叱られ、部下には疎まれた。まあ、俺が不器用だったんだよ」

その発言を聞いて、ワタルは何となく想像がつくな、と思った。エンドウさんは昔ながらのおじさん、という感じがする。若者は打ち解けるのが難しいかもしれない、と。悪い人じゃない、だが、不器用なんだ。

エンドウは大きくため息をついた。

「前もあんたには言っちゃったけど、つまらん人生でな。善人でもなかったし悪人でもなかった。仕事に追われていただけの人生。これが結婚して子供でもいればよかったのになあ。女にはモテなかったし、生きがいの趣味や友達も見つからなくて」

恥ずかしそうに言うエンドウの横顔は、どこか寂しそうに見えた。

「ある日、ポックリいっちまって。健康診断でも引っかかってたし、体もガタが来てたのかな。情けない」

　そう言って彼は酒を飲んだ。ワタルも一口飲む。どう返答すればいいのかわからないデリケートな話題で、少し困ってしまった。だがエンドウは、どんどん自分の半生の話を始める。誰かに聞いてほしいのだろう。

「俺は結婚したかったのよ、子供だって欲しかったし。んで、モテないけど一度結婚の約束までした女ができたわけ！」

「そうなんですか」

「はは、料理上手な明るい子でよ。それがさー、結婚に向けて進んでいこう、ってときに俺の友達と浮気してよ」

「え！」

「いやあ、あれは引きずったねえ。だってそんな恐ろしいことする子に見えなかったんだもん。それ以来、女が恐くてね。初めに好きになった女を間違えた。友達も同時になくしちゃったんだが、その後二人は結婚して幸せに暮らしてるみたいだ」

「そ、それは……災難でしたね」

　ワタルは顔を歪《ゆが》めて答えた。自身もあまり恋愛経験が多いほうではないが、そんな体験をしたら立ち直れない自信はある。結婚できなかった、っていうのも、その過去のせいもありそうだ。

「おお、災難よ。んで仕事はさー、まあ俺なりにがんばってやってきて、年も重ねりゃ少しは昇進するだろ？　部下もできてさ。ある日、部下がえらい大変なミスやっちゃって、でもここは俺の出番とばかりに庇《かば》ってやったのよ。でもあとになって、『説教が偉そうだった』って陰口を叩《たた》かれるわ、さらに上司にも叱られるわ、もう散々」

エンドウは酒を飲み干した。すぐにバーテンダーが新しいものを作って差し出す。

ワタルは不憫に思った。

「それもまた……つらいですね」

「会社選びも失敗したなあ。ブラックだったしな」

そんな悲しいことを言いながらエンドウは笑う。笑うしかなかったのかもしれない。

新しく来た酒を少し口に含むと、ふうと息を吐いた。

その後も、彼の悲しい半生の話は続いた。満員電車では何もしてないのに女子高生に睨《にら》まれたこともあった。置き引きに遭ったり、住んでいるアパートの隣の部屋が火事になったり。彼の口から出てくるエピソードは、ワタルが経験したことのない話ばかりだった。

彼がクソみたいな人生、と呼んだことに、どこか納得してしまう自分がいた。せめてその後、好きな女性ができていたら。打ち込める趣味と出合っていたら。遅くまで飲んで語れる友人ができていたら、何かが違ったのかもしれない。

一通り話し終えたエンドウは、喉の渇きを潤すように一気に酒を飲んだ。そして、ぼんやりとどこか遠くを眺めながら、低い声でポツリと言った。

「ここはいい場所だよ。綺麗だし、穏やかで、いい人ばっかりだ。嬉しそうな人間が大勢いる。だがそれと同時に、自分があまりに虚しくなる。俺は待ちたい人間も、待っててくれる人間もいない。俺の人生は一体なんだったんだろう、ってね。早く消えていなくなりたいとすら思う」

悲愴感のある声だった。ワタルは何も言わなかった。

エンドウのような人は意外と多いのかもしれない。人生は一度きりで、時間も限られている。誰しもが大切な人や生きがいを見つけられるわけではない。ただそれでも、人が人生を生き抜くということは尊いことだとワタルは思う。

「……でも、エンドウさんは悪いことはせずにここに来たんじゃないですか。僕はそれ、誇ることだと思いますよ。世の中には、道を踏み外す人だって大勢いる。真っ直ぐ歩いてきたことも、十分凄いんです」

ワタルが言うと、エンドウは少し嬉しそうに微笑んだ。ワタルは話題を逸らすように尋ねる。

「エンドウさんが、もし人生の出来事を一つだけやり直せるとしたら、いつですか」

「やり直したいとき、ねえ……」

じっと一点を見つめたままエンドウが考える。頬杖をつきながらしばらく間を空け、少しだけ口角を上げて答えた。

「子供の頃だな」

「子供の頃、ですか」

ワタルは意外に思った。てっきり、浮気されて女性不信になったことや、会社選びをやり直したいと言うのかと思ったのだ。

エンドウは言った。

「どんだけ昔なんだよって話だな。小学生の頃はさ、仕事もなくて、毎日何も考えなくてよくて、友達と遊び回ってた。もう一度戻りたいなあって思うよ」

「たしかに、子供の頃は時間もあるし自由ですよね」

「それに」

ふと、エンドウの表情が固まった。何かを思い出したように視線を泳がせる。一度ゆっくり息を吐き出して、苦笑した。

「俺なあ、一人親友がいてなあ」

「はい」

「同じクラスの男の子で、悪ガキの俺と違って大人しめの子だったけど、やけに気が合ってよく遊んでてなあ」

「いいですね」

「途中でその子、死んじまって」

ワタルは隣を見た。エンドウは視線を落としている。

「俺らの時代、人気だった給食のメニューといえば揚げパンなんだけど、兄ちゃんの時代もあったか？」

「ああ、揚げパンはありましたよ。美味しかったです」

「おお、まだあんだな。その友達が学校を休むと、そのパンを家に届けてやったんだよ。まあ、揚げパンだけじゃないけど、余ったゼリーとか、冷凍みかんとか、友達は凄く喜んでくれてなあ」

「いい思い出ですね」

「多分、そのパン以外に飯を食えてなかったんだ」

ワタルは目を丸くした。エンドウは真っ直ぐ前を向いたまま、少しだけ唇を震わせている。

「俺は知ってたんだけどなあ……あの子の体があざだらけなの。でも、大人に言ってやれなくて」

「……それ、って」

「自分も成長してから気づいたんだよ。あの子は虐待されて死んだんだなあって」

エンドウは泣きそうになるのを誤魔化すように、酒を呷《あお》った。

彼の話は、こうだ。

学校を休みがちの友達にパンを届けに行くと、たいそう喜んだ。ただ、友達はやせ細っていて背中にはたくさん傷があった。不思議に思っていたが特に何ができるわけでもなかった。小学生なのだから、仕方ないだろう。

そんなある日、その子の家の前には救急車とパトカーが停まっていて、次の日、学校で彼が亡くなったことを教えられた、という。

ワタルは息を呑んでその話を聞いていた。もう甘いドリンクなんて喉を通らなかった。

口には出さなかったが、エンドウが自分を責めている様子がヒシヒシと伝わってきたからだ。あの頃自分が他の大人に相談していれば、友達は助かったのかもしれない。そんな後悔が、彼の心の奥底に眠っているのだと。

脳裏にその光景が浮かんだ。まだ幼いエンドウが、袋に入った給食の揚げパンを片手に友人の家に行く。そのパンだけが命の綱だった友達は、とても喜ぶ。多分、親の目を盗んで、エンドウからのパンを食べていた。

想像するだけで胸が痛む。エンドウのことも、その友達のことも。力無い子供を苦しめる大人に嫌悪感しか抱かなかった。いつの時代も、子供を所有物のように扱う人間はいる。なぜあんなところに命を宿したのだと、神すらうらんでしまいたくなる。エンドウは目を赤くしていた。多分アルコールのせいなどではなかった。それを誤魔化すように笑う。

「……っていうこともあったなあ。だいぶ昔のことよ」

「きっとその友達は、エンドウさんに、とっても感謝していたでしょうね」

「んなわきゃない。飯ももらえず暴力受けてたのを助けてくれない、頭空っぽの友達なんて」

「いいえ。きっと……あなたの存在だけが、彼の心の拠り所だったと思います」

　ワタルはキッパリ断言した。エンドウがこちらを見る。どこか複雑そうに顔を歪めて笑い、大きく天井を仰いだ。

「そうだといいけどなあ。もう一度あの頃に戻って、全部忘れて友達と遊び回りたいよ。何も考えずに笑い転げて、汗だくになって走り回ってさ。今なら助けられるのになあ。戻ってあの子を助けたいな。もしかしたら、こんな年になるまで酒を飲みに行ける相手だったかもしれねえし。無知っていうのは……無力っていうのは怖いことだよ」

　切ない響きだった。彼の人生はいろいろあったようだが、おそらく癒せない最も悲しい出来事はこれだと思った。子供の頃受けた傷というのは、完全には治らないものなのだ。

「エンドウさん、やっぱりここに来るべくして来た人ですよ。いい人だ」

「お、兄ちゃん嬉しいこと言うねえ」

「エンドウさんが上司だったら、僕は嬉しいです」

「なんだこのやろ、今嬉しいから消えちまうかもなあ！」

豪快にエンドウが笑う。ワタルもつられて笑いながら言った。

「そのお友達にも、エンドウさんの優しさが伝わっていますよ、きっと」

「はは、だといいな。シンタロウ、次は優しい両親のとこに生まれるといいな」

そうエンドウが言った瞬間、ワタルの首は勢いよく横のエンドウのほうを向いた。

その驚き方に、エンドウも目を丸くしてワタルを見た。

なんだ、なんて言った？

驚きでワタルの脳内が停止する。

「え？　どした」

「……シンタロウ？」

「あ、その友達の名前な」

途端、ワタルは立ち上がった。すべてが一本の糸で結ばれ、ワタルは興奮していた。

エンドウはぽかんとしていたが、そんな彼の腕を掴んでワタルは言った。

「シンタロウくんを知ってます！　あなたを待ってます！」

「は、はあ？　兄ちゃん、一体なにを」

言いかけているエンドウを無視して、ワタルはその腕を強く引っ張ると、そのまま店から飛び出していた。話すより会ったほうが早いと思ったのだ。

そうだ、そうだったんだ。ようやく不思議だと思っていたことの答えが聞けた。あれだけ小さいのに、シンタロウは親を待つことをしていなかった。もう一度だけ会いたい友達がいる、とのことで、あんなにも長い時間待てるなんて凄いなと思っていた。

彼の半生がその答えだ。虐待してきた親なんて待つわけがない。だが、つらいときにそばにいてパンを持ってきてくれた友人を、きっと何よりも大事に思っていた。もう一度会いたくて、シンタロウはずっと待ち続けていた。恐らく、ありがとう、が言いたくて……。

「お、おい、本当にシンタロウか？」

エンドウはワタルに引かれるがままついてくる。心配そうなその言葉に、ワタルは断言した。

「間違いないですよ。年は十歳、短髪の小柄な男の子」

「た、たしかに十歳だったけどよ」

ワタルはとりあえずレストランのほうに向かっていく。アレックス目当てで来ているかもしれない。エンドウとはすれ違いで会えていないが、タイミングさえ合えば二人は会える。なぜかワタルの胸がドキドキと高鳴ってたまらなかった。早く会わせてあげたい、そう強く思う。

だがレストランが見えてきた頃、エンドウの足が止まった。ワタルは振り返る。

「エンドウさん？」

「い、いやあ……もしあのシンタロウだったとして。俺、会っていいもんかねえ……？」

不安げに彼は言う。

「なんでですか！」

「見てみろよ、こんな小汚いおっさんになっちゃって。クソみたいな人生で。できることならもう一度会って一緒に遊びたいと思うけど、親子ほど年も離れてる。もう昔みたいにいられない。そもそも、俺だって気づかないよ」

エンドウは無精髭を摩りながら言う。

「でも、シンタロウくんはずっとあなたを待ってるんですよ！」

「会ってがっかりさせるかもしれないだろ。幻滅されるぐらいなら、夢見させといたほうがいい」

そうエンドウは寂しげに言った。ワタルは強く首を横に振る。

「そんな生半可な気持ちで、子供がこれだけ長い時間友達を待てると思うんですか？　彼の人生に、あなたという存在はとても大きなものだったんです」

「……そりゃ、俺もそうだけど」

「年が離れていてもいいじゃないですか、話すだけでも」

「そうは言っても、兄ちゃん。実際のところ、相手は十歳、俺は中年のおっさんなんだよ。話も合わない。虫取りしてはしゃいでいたあの時代には、戻れない。いくら俺が戻りたくても」

そうエンドウは言うと、苦しそうに自分の体を眺めた。二人が過ごしてきた時間の違い。経験、成長、すべてが違う。彼はそれを一番気にしている。

ワタルが口を開こうとしたときだ。背後から、高い声が響いた。

「……エンちゃん？」

はっと二人が振り返る。そこに立っていたのは、小さな少年。その視線はワタルをすり抜け、後ろにいるエンドウを見ていた。つぶらな瞳が小さく揺らめいている。

エンドウは返事をしなかった。ただ、目の前に現れた昔の友人に驚き、言葉が出せなかったのだ。ほとんど忘れかけていた顔だが、間違いなくあのときのシンタロウだ。色褪《あ》せていた思い出が、ぶわっと甦《よみがえ》ってくる。

エンドウの脳裏に浮かぶのは懐かしいシーンばかりだった。暑い夏、汗だくになりながら外を走り回ったこと。学校で先生へ悪戯《いたずら》を仕かけたこと。段ボールで秘密基地を作ったこと。そして、揚げパンを渡して嬉しそうにするシンタロウの顔……。

するとと次の瞬間、シンタロウは目を細めて笑った。嬉しそうに、楽しそうに。彼はただただ笑った。

エンドウは戸惑い、数歩後ずさる。そんな彼に、シンタロウは、わっと駆け寄った。

「エンちゃん！　エンちゃんだ！」

「シ、シンタロウ……」

「エンちゃん、久しぶり！　エンちゃん、やっと会えたああ！」

小さな体で、エンドウの体にしがみついた。傍から見れば父に甘える子のようだった。それでもエンドウは戸惑いを隠せない。

「お、俺ってわかるのか？」

「わかるよ！　エンちゃんを間違ったりしないよ！」

「でも、俺だけこんな……」

「会いたかったよ、ずっと会いたかったよ、エンちゃん！」

真っ直ぐな目で見つめられたとき、ついにエンドウの目から涙が一気に溢れた。ポロポロと流れる涙を、シンタロウは不思議そうに見ている。

エンドウは嗚咽を漏らしながら、その場に崩れた。

「エンちゃん？」

「シンタロウ、ごめんな。俺、助けられなくて。シンタロウを助けられなくてごめん」

「ううん！　学校でエンちゃんに会うのが楽しみだった。家で嫌なことばっかりあったけど、エンちゃんが届けてくれたパンだけが僕を助けてくれたんだよ。いつもありがとう。お礼を言えなかったから、ちゃんと言いたかったんだ」

キラキラした笑顔でシンタロウは言った。泣き続けるエンドウに、ぎゅうっと抱きつく。

「ずっと待っててくれたのか？　俺のこと、ずっと一人で」

「エンちゃんに絶対会うんだって思ってたんだ。僕が会いたい人は、エンちゃんしかいなかった」

エンドウはシンタロウの顔を正面から見つめ、さらに泣いた。

『俺は待ちたい人間も、待っててくれる人間もいない。俺の人生は一体なんだったんだろう、ってね』

エンドウが言っていた言葉が、ワタルの頭で甦る。

いたじゃないですか。ワタルは心の中で呼びかける。あなたをずっと待っててくれている友達。そして、本当はエンドウさんだってシンタロウを思っていた。二人はずっと、思い合っていたんですよ。

「エンちゃん、大人になったんだね。また一緒に遊びたいけど、いいかなあ」

「もちろん！」

エンドウが顔を上げた。頬が涙でぐっしょり濡れている。

「俺の人生で一番楽しかった時間なんだ、シンタロウと遊んでいた頃は。つらい思い出でもあったから心の奥底に閉じ込めていたけど、やっぱりあの時間は大切なものだった」

「本当？」

「あんまりいい大人になってなくて、シンタロウに幻滅されるかと思ってた」

「しないよ。エンちゃんはエンちゃんだよ！」

エンドウは服の袖で顔を拭いた。唇を震わせながら、シンタロウの顔をしっかり見つめ返す。

「待っててくれてありがとう、シンタロウ。お前は一番の友達だ」

シンタロウが嬉しそうに笑う。二人はどちらともなく手を繋いだ。エンドウが立ち上がり、ずっと黙って見ていたワタルに微笑みかけた。

「シンタロウのこと、教えてくれてありがとうな」

「ごゆっくり楽しんでください」

笑顔で頷いたエンドウに、シンタロウがワクワクした様子で言う。

「エンちゃん、あっちに犬いるんだよ！　あ、こっちには公園もある、行こうよ！　また虫でも集める？」

「いいな、行こう」

そう話しながら、二人同時に足を踏み出したときだ。

ふわりと風が吹いたかと思うと、エンドウの姿が一瞬で幼い少年に変わった。高い身長は縮み、白髪が生えた髪は真っ黒に。無精髭はなくなり小麦色の肌になっている。

二人はその変貌に驚くこともせず、まるで何事もなかったかのように手を繋いだまま走り出した。ずっと前から、そうしていたかのように。

笑い声が遠ざかっていく。ワタルは小さな背中二つをじっと見つめた。

今から思いっきり遊ぶんだろうな。何かに怯《おび》えることもなくのびのびと。時を忘れ、ただただ楽しんで、奪われた時間を取り戻すんだ。

自分の目に浮かんだ涙をそっと拭き取った。男一人で泣いてるなんて、ちょっと不恰好だ。でも、あの二人が会えてよかった。

ワタルは胸を撫で下ろして歩き出す。今日見た再会も、いいものだったな、としみじみ思いながら。

#05

愛とは相手の幸せを願うこと

眩《まぶ》しい太陽の下で、人々が楽しそうに話している。ちょうどいい気温と時々吹く風。そんな中、涼しげな噴水の水音を耳にしながら、ワタルは大きな窓ガラスを必死に拭いていた。

そこを通る人々は時々、ワタルに声をかけた。おそらくレストランに来たことのある人だ。脚立に乗り、腕を必死に伸ばして、高いところを拭くワタルの姿を応援してくれる。その都度笑顔で応えながら、彼は気合いを入れて窓拭きをしていた。

掃除も大事な仕事の一つだ。特に、この窓は重要。広場からレストラン内も見えるし、逆もそうだ。待ち人を探すのに、この窓は大活躍。現に、食事中に待ち合わせの相手を見つけて飛び出す人たちを、ワタルは何度も見てきた。

「……しかし、あまりに大きくて、掃除をするのはつらい……！」

疲れた腕を一旦下げて呟いた。そもそも、この大きい窓を一人で拭くのは無謀ではないか。ちらりと店内にいるケンゴに視線を送ったが、彼は彼で客がひっくり返してしまったハンバーグを掃除中だった。

仕方ない。あと半分。一人でがんばろう。

そう意気込み腕を伸ばしたとき、背後から楽しそうな笑い声が聞こえてきた。つい振り返って見てみると、少年が二人、白い歯を出して笑いながら走っていた。どうやら鬼ごっこをしているらしい。そんな光景を見ただけで、疲れも吹き飛ぶ。

ワタルが微笑みながら再度掃除を始めると、豪快な声が背後から聞こえた。

「ワタルくん！　今日は掃除係？」

そう言ったのは、常連客のカスミだった。ショートカットの明るい中年女性だ。すっかりワタルとも顔見知りで、見かけるたびに声をかけてくれるようになっていた。

「カスミさん！　こんにちは。今日はガラスを拭く係なんです」

「あらー、大変ね。ちょっと貸してごらんなさい、私暇なんだし手伝ってあげるから」

「え！　いいですよそんな！」

「いいからいいから。主婦だったんだから掃除は得意なのよ」

カスミは笑ってそう言う。気持ちは嬉しく思ったが、ワタルよりカスミのほうが身長はうんと低い。ワタルですら大変なのに、女性にこれは厳しいんじゃないだろうか。

「ワタルくん、休憩なさいな！　脚立貸して」

「そんな！　危ないですよ！」

「年寄り扱いしないでいいのよー」

慌ててなんとか止めようとする。客に、しかも女性に手伝わせるわけにはいかない。

一体どう断ろうか考えていると、落ち着いた声が響いた。

「お疲れ様です」

声のほうを見てみると、見慣れた顔がそこにあった。ヒョロリと背が高く、白いシャツを着ている。すっきりした奥二重に、通った鼻筋。ワタルは頭を下げて挨拶を返した。

「ヒロシさん！　こんにちは！」

ヒロシは、にこっと笑う。柔らかな雰囲気に、ワタルも頬が緩んでしまう。

「食事に来ました。窓ガラス、大きくて大変でしょう、手伝います」

そう言って腕まくりを始めたヒロシに、ワタルはさらに慌てた。まさかもう一人立候補者が現れるとは。

ヒロシは、カスミに向かって微笑んだ。

「僕が手伝いますよ」

「ええ？　そんな、私も一緒に」

「こういうのは男がやればいいんです。結構力仕事ですし、女性には大変ですよ」

優しい声でそう言われたカスミは、感心したように頷き、うっとりしていた。ワタルに声を潜めて言う。

「ワタルくん、このお兄さん、デキるわね」

「あはは、素敵な人ですよね」

「夫にも見習ってほしいわ、このスマートさ……お言葉に甘えて彼に任せるわね。がんばってね」

カスミはヒロシに高めの声でお礼を言うと、名残惜しそうにその場から離れていった。まあ、僕でもあんなふうに言われたらうっとりするだろうなあ、ヒロシさんを見習おう。

そんなことを考えていると、ヒロシが手早くガラスを拭き進めていることに気づく。

「ヒロシさん！　ありがとうございます。もう十分ですよ！」

「僕は暇なんですよ、知っているでしょう？　これぐらいさせてください」

ヒロシはそう笑い、結局手を止めることなく続けている。申し訳なく思うと同時に、ワタルはヒロシの朗らかな人柄に感心していた。

彼はレストランの常連だった。ワタルとあまり年は離れていないはずだが、どこか大人びていて随分年上に感じる。優しくて物腰も柔らかく、スタッフはみんなヒロシに好感を抱いていた。

一人でふらっとやってきては、食事をしたり、もしくはお茶をしたりして窓の外を眺めている。随分長いこと、ヒロシはそうしているのだ。

ワタルよりずっと前からいるはずのミチオも、ヒロシがいつからいるのか知らない、と言っていた。だいぶ前からここにいるらしい。周りの人間が次々と会いたい人に会い、消えていく中で、ヒロシはずっと存在していた。

すっかりピカピカになった窓ガラスを見上げながら、ワタルは言う。

「ありがとうございます、助かりました」

「いえいえ、僕も楽しかったですよ。綺麗になって気持ちいいですし。いつもこうやって、みなさんが手入れしてくださるからですね」

「はあー、ヒロシさん、いい人すぎます」

「あはは、どこがですか」

掃除を終えて、ワタルは頭を下げる。掃除道具を持ちながら、二人で店の中へと入っていく。ヒロシは窓際の席に腰かけ、磨いたばかりのガラスを嬉しそうに眺めていた。ワタルが一旦裏のキッチンへと入ると、ケンゴが気づき、声をかけた。

「お、窓拭きお疲れー」

「うん。でも半分、ヒロシさんに手伝ってもらっちゃった」

「わお、やっさしいねー。さすがヒロシさん」

ケンゴも感心したように言った。ヒロシの優しさはみんな知っているのだ。ワタルはため息を漏らしながら言う。

「いいよなあ。大人って感じがする、あの人。そんなに年変わらないはずなのに」

「まあ、俺たちとはなんか世界が違う感じがするよなあ。ワタル、ヒロシさん好きだよな」

「す、好きって言っても！　憧れだよ、あんな人になりたいっていう！」

「ぶはは、わかってるよ」

面白そうに笑うケンゴを軽く睨んだあと、ワタルは少し声のボリュームを落とした。

「たしか、昔の恋人を待ってるんだっけ？」

「聞いたことあるな、ミチオさんからだけど。詳しいことは知らないが、一途だよなあ。あんなかっこいいのに」

そう、ヒロシが待っているのは恋人らしい、と、噂《うわさ》で聞いていた。詳細は知らない。でもたった一人、長い時間待ち続けている。それは相手をどれほど大事に思っているのかを表している。病気か事故か、なんにせよ、若いうちに亡くなったヒロシは、今でも恋人を想っているのだ。

ケンゴはトレイに水を載せ、ワタルに差し出した。

「ワタル結構仲いいんだし、詳しいこと聞いてみればいいじゃん。話してくれそうだけど、ヒロシさん」

「え？　ううん、そうかなあ。いい人だけど、どこか壁を感じることもある」

「あー、わからなくもない。あんまり深入りしないでほしそうだよな」

「ただの好奇心だしなあ」

一体どんな恋愛をしたのか。なぜ亡くなったのか。相手はどんな人なのか。ワタルはずっと気になっていた。いや、おそらくケンゴもなんだろう。だが、誰も詳細を知らないあたり、おそらくヒロシが言いたくないんじゃないか。優しい人なのだが、どこかそういった話題を避けているように感じていた。

ワタルはトレイを手に持ち、とりあえずヒロシに水を出しにホールへ出る。明るい窓の前に座るヒロシは、眩しそうに広場を見ていた。

「ご注文はお決まりですか？」

ワタルが声をかける。ヒロシがこちらを見上げた。

「はい、このセットを」

ヒロシが指さしたメニューを見て、ワタルはすぐに尋ねた。

「ご飯は、おにぎりにしますか？」

訊かれたヒロシは苦笑いをする。

ヒロシはよく和食を注文した。そしてその際、ご飯をおにぎりにしてほしい、と必ずリクエストするのだ。海苔《のり》も巻かず具も入れない、シンプルなおにぎり。毎回その注文なので、ワタルはすっかり覚えてしまっていた。

「完全に覚えられてしまいましたね。お願いします」

「かしこまりました」

「いいですねえ。窓がさらに綺麗になって、広場がよく見える」

嬉しそうにヒロシが言ったので、ワタルも外を見る。

すぐ前の噴水が輝いているのが見え、その周りに人々が集まっている。ちょうど待ち人が来たのか、嬉しそうにはしゃぐ人の姿も見つけられた。熱い抱擁を交わしている。

ヒロシがポツリと言う。

「いいな。相手が来たのかな」

そんな呟きに、ワタルはつい反射的に聞いてしまった。

「ヒロシさんは、どなたを待っていらっしゃるんですか？」

問いかけに、ヒロシが見上げる。言ってしまったあと、ワタルは少し後悔していた。やっぱり聞かないほうがよかったのかも、と。

だが意外と彼は簡単に答えた。

「とても好きな女性です」

「……あ、恋人、ですか」

サラリと答えられたことに面食らう。ヒロシは頷いた。

「結婚の約束もしてました。でも、叶わなかった。幼馴染みだったんです、彼女が小さな頃から知っている。僕のほうがちょっと年上だったんですけど、後ろをついて回る可愛い子でした」

「へえ、幼馴染み！」

「明るくて楽しい子でした。サエっていうんですけど、近所の男子の中でも人気で……。しまった、惚気《のろけ》か」

恥ずかしそうに言うヒロシにワタルは笑った。何度も会っていたのに、こんな話を聞くのは初めてなので、嬉しくて心が躍る。

幼馴染みの恋人がいたとは。まるで漫画や小説に出てきそうな関係ではないか。

「サエさんっておっしゃるんですか！　早く来るといいですね」

「ええ、サエは必ず来てくれます」

「いい人なんでしょうね」

「いい子です。ただそれより、僕らは約束していたんです」

そう言ったヒロシの表情が突然、硬くなる。ワタルもどきりとしてしまうほど、彼の目の色は悲しみに満ちていた。

じっとワタルを見上げる。そのまっすぐな視線に、動けない、と思った。悲痛な叫びが、目の奥に潜んでいる気がして。

「…………別れるときにね。もし帰ってこられなかったら、待っているよって。僕はずっと待っているから、いつか必ず来てねって、約束したんです」

そこまで言ったヒロシは、ふいっと視線を落とした。その様子に、見えない壁を感じた。

ワタルはただ立ち尽くし、一歩も動けなかった。

理解したのだ。どうもぼんやりした言い方は、はっきり言葉にするのを避けている。言葉に出さなくてもわかる。

ワタルとは比べ物にならないほどの大人びた雰囲気、人には言えない心の傷。もう帰ってこられないかもしれないとわかっている旅立ち。

自分とは生きてきた時代がだいぶ違うと、ワタルは知った。

愛する人を置いて、戻れるかわからない戦いに行く。そして多分、ヒロシは戻ってこられなかった。サエを置いたまま、遠い地で亡くなったのだろう。

結婚の約束も、果たせずに。

ヒロシはワタルから目を逸らしたまま、小さな声で言う。

「別れのとき……サエはね、おにぎりをくれたんですよ」

「……おにぎり、ですか」

「あの頃、白い米はとても貴重でした。それをサエは何とかして用意してくれた。サエは基本、何でもできる子なんですが、手先はちょっと不器用で。おにぎりは少し歪《いびつ》な形をしていました」

ヒロシは、懐かしむように一つ長い息を吐いた。

「ここのレストランの味は一流です。でも、僕は、あのおにぎりを超えるものには一生出合えない。本当に美味しかった」

ワタルには、かける言葉が見つからなかった。

ヒロシが頼み続けていたおにぎりに、そんな悲しい思い出があったなんて想像もしていなかった。ワタルが思っていたよりずっとつらく、過酷な人生を歩んできた人だったのだ。

少しして、ヒロシは優しく微笑んでワタルを見た。

「引き留めてすみません。では、料理をよろしくお願いします」

「……すぐにお持ちします」

震える声でワタルは答えた。ヒロシはにっこり笑って頷いた。

裏へ入ると、何も知らないケンゴがいつもの笑顔で話しかけてきたが、ワタルはヒロシから聞いた話の衝撃が大きく、上手く返せない。ケンゴは不思議そうにワタルを見た。

「ワタル？　どうした？」

「……ヒロシさんから、いろいろ聞いて」

「へえー聞けたんだ！　恋人の話？」

ヒロシから聞いた話を、むやみに他の人に話すのはよくない。ワタルはそうわかっていたが、どうしてもこの胸の痛みを抱えきれず、迷った挙句、一言だけ言った。

「……平和って、ありがたいよね」

たったそれだけで、ケンゴは察したようだった。

ヒロシがあまり自分の話をしたがらないわけがようやくわかった。特にワタルたちのような若くて時代が違う人には話しにくいのかもしれない。今日は特別に話してくれたのだ。誰かに話したい気分だったんだろうか。

長い時間、たった一人の女性を想って待っている。それは美談のようで、でもあまりに残酷だった。ワタルやケンゴにはわかることのない体験だ。

「サエさん、早く来てあげてほしいな。再会できたら……それはとっても感動的だろうね」

「できたら、な。できなかったらのことを考えると、つらくてたまらねえけどな」

「できないなんて。そんなこと」

「何十年も経てば人は変わるだろ。もしかしたら、変わらざるを得なかった環境だったかも。生きるだけでも大変な時代だろうからなあ」

それは正しい意見でもあった。ワタルはぐっと言葉に詰まる。

悲しい思いをして離れ離れにされ、その後も会えずにいるなんて。そんなことがあるのなら、この世を憎まずにいられない。

どうかサエさんが、ここに来てほしい。

そう強く強く、祈った。


それからしばらく経った。相変わらず忙しいレストランだが、一瞬だけ一気に客が引き静かになった時間があり、そのタイミングでヒロシが再び来店した。

ワタルはちょうど休憩をもらおうとエプロンを外したときだったが、窓際の席に座ったヒロシの顔が見え、目が合ったので会釈をする。

ヒロシも微笑んで頭を下げてくれた。そして、ふと何かを思い出したように、ワタルにちょいちょいっと手招きをする。

なんだろう、と首を傾げながらワタルはエプロンを近くに置き、ヒロシのそばに行った。

「こんにちは！　あの、僕今休憩中で」

「だろうと思いました。一言謝りたくて。先日、僕の昔話をしてしまったでしょう？暗い話だったし、申し訳なかったってあとで思って」

ヒロシが困ったように言ったので、ワタルは驚いて首を強く横に振る。

「とんでもない！　僕が聞いたんですよ。こちらこそ、あまり話したくないことを聞いてしまったのかと」

「いえ、まさか。でも話すとどうしても暗くなってしまって」

「そりゃ、切ないお話ではありますけど、それで聞いたことを後悔なんてしてませんよ。むしろ、聞けて嬉しかったんです！　ヒロシさんとお話しできて……」

そうワタルが言うと、ヒロシが胸を撫でおろした。その優しい笑みに、つられて笑う。するとヒロシが提案してきた。

「休憩時間ですよね、一緒にコーヒーでもいかがですか」

「え？」

「予定がなければ、ですが」

思ってもみない誘いに、ワタルはすぐさまヒロシの正面に腰かけた。断るなんて選択肢にもない。ヒロシは嬉しそうに微笑むと、店員にコーヒーを二つ注文した。

しばらくして運ばれてきたコーヒーを、ヒロシは優雅に飲んだ。ワタルも真似して飲んでみるが、どうもヒロシほどの大人っぽさは出せない。ミチオさんより落ち着いてるかも。……って言ったらミチオさんに叱られそう。

ヒロシはカップを置くと、広場のほうを見た。ワタルもそちらをじっと見つめる。

「君は……誰を待ってるの？」

突然、ヒロシが言った。まさか逆に聞かれるとは思っておらず、ワタルはコーヒーをこぼしそうになる。

「あ、ごめん。言いたくなければもちろん無理せずに」

「違います！　聞かれるとは思ってなくて……」

「だって、ここに存在してるってことは、みんな誰かを待ってるはず。君も、料理人の方も。遊ばずに働きながら待とう、って思うその心意気に感心します」

「いえ、僕は本当にこのレストランが気に入って……広場も見えるし。働いてみたいなって思って店にお願いしたんです。ここにいる人たちは多分みんなそんな感じです」

「そっか。そんな選択肢、思いつかなかった。僕も働いてみればよかったかなあ」

笑いながら言うヒロシに、ワタルは小声で言った。

「……家族を、待っています」

ポツリとした声。でもしっかりヒロシに届いていたようだ。彼は少しだけ目を丸くした。

「家族、か」

「僕の家族は一人しかいないんです。置いてきちゃったから、もう一度会えたらなあって。多分叱られると思うんですけどね、勝手にいなくなりやがってってって」

「そうか。仲いい家族だったんですね」

ゆっくりとした口調で言われたその言葉を、ワタルは頷いて肯定した。

今頃どうしてるだろう。悲しんでいないか、落ち込んでいないか。そう思わない日はない。いつかここで再会できたなら、レストランで美味しい食事をゆっくりとりたいと思っていた。きっと文句ばかり出てくるだろう。でもその小言が、今は聞きたくて仕方がない。

「いいですね、家族。僕は家族とは折り合いが悪くて」

「そうなんですか、なんか意外です」

「はは。僕は兄弟の中で出来損ないって言われてたんです」

「ヒロシさんがですか?」

「そうですよ。そんなとき励ましてくれたのは、いつだってサエだった」

懐かしむように彼はどこか遠くを見つめている。ワタルはサエという名前が出たことで、つい、先日思ったことを聞いてしまった。

「サエさんが万が一……来られなかったら、なんて、考えたことはありませんか」

口走ったあと、すぐに後悔した。約束したんだって、いい子なんだって言ってたじゃないか。こんな失礼なこと、どうして言ってしまったんだ。怒られてもしょうがない失言だ。

　だがヒロシは怒りもせず、表情一つ変えなかった。窓の外をぼうっと眺めたまま、ワタルの質問に答えた。

「ずっと考えてる」

　どこか冷たい、低い声にどきりとする。ワタルをちらりとも見ず、ヒロシは続けた。

「僕はだいぶ長いこと待っています。それは周りの人たちを見ていればわかること。待っても待っても、サエは来ない。もう来ないのかもしれない、と思わないなんて無理です」

「…………」

「でも言い聞かせなきゃ、自分を保っていられないので。サエはきっと来る、約束したんだから。待ってるって言ったんだから、ってね」

「ヒロシさん」

「正直なところ、諦めも半分あります。でもまだ消えるわけにはいかない。もう少しだけ、夢を見ていたい」

　そう言い切った言葉に、悲しみの色を感じる。やっぱり馬鹿なことを言ってしまった、とワタルは思った。

　他人から言われなくても、そりゃ本人は思うだろう。待ち合わせに相手が来ないかも、なんて。遥か昔に交わした約束、過ごしている世界が違う二人、むしろ再会できることのほうが奇跡なのだ。

それでも彼は待っているんだ。もう一度だけ愛する人と会いたくて、こうして待ち続けているんだ。

しばらく沈黙が流れる。コーヒーは少し冷めてしまっていた。ワタルは一口それを飲み、苦味で自分を戒める。余計なこの口、ろくなこと言わないな。

「すみません、僕……」

「いいえ、いいんです」

「サエさんのことは知りませんが、ヒロシさんはすごく優しくて素敵な人だってわかってます。そんなヒロシさんが好きになった人、絶対サエさんも優しい人だと思います」

ヒロシはワタルを見て微笑んだ。彼もゆっくりコーヒーを啜る。また外を見て、お礼を言った。

「ありがとうございます。ワタルくんも優しい人です」

「い、いいえ、そんな。ヒロシさんはうちのレストランのスタッフでも大人気なんですよ！　この前も窓ガラス拭くの手伝ってくれて」

「あれくらい」

「本当です。だから……会えるといいな、って、心の底から思うんです」

ヒロシは返事をしなかった。ただ優しく口角を上げるだけ。彼が磨いてくれた窓ガラスをじっと見つめ、寂しさの漂う目をわずかに揺らした。

ワタルはそんな彼の横顔を見つめる。ああ、サエさんとヒロシさんが再会するシーンをぜひ見たいな、そう強く思う。

約束を覚えていたよ、って、一言だけでいいから言ってほしい。私もずっと会いたかったよ、って。

そのシーンを想像するだけで目頭が熱くなる。慌ててそれを誤魔化しているとき、目の前に座るヒロシの表情が変わっていたことに気がついた。

彼は満月のように目を丸くしていた。瞬きすら忘れたように、ただ窓の外を見ている。

これまで見たことのないヒロシの表情に、ワタルは声をかけた。

「ヒロシさん？」

「……エ」

「え？」

「……サエ？」

唇をほとんど動かすことなく彼は呟いた。だがワタルは聞き逃さず、勢いよく横を見る。

ヒロシが見つめるその先に、一人の女性がいた。随分年を取った老女だった。遠目でもわかるほどの深い皺、真っ白な髪。歩くのもままならないほどの足取りで、彼女はゆっくりゆっくりとこちらに向かって歩いている。

ワタルが口をぽかんと開けたところで、目の前のヒロシが勢いよく立ち上がった。その拍子に、置いてあったコーヒーが揺れてテーブルにこぼれる。

ワタルは慌ててそれを拭きながら、ヒロシに声をかけた。震えるほど興奮している。

「ひひ、ヒロシさん！　あの方、サエさんなんですか！　さ、サエさん！」

ヒロシは彼女を見つめながら強く頷いた。その顔には驚きと喜びが混じっていた。

ワタルは自分の心が揺さぶられていることに気づいていた。

これだけ長い年月をかけて、約束を果たしに来た。こんな美しい話があるだろうか。待ち続けたヒロシさんと、忘れずちゃんとやってきたサエさん。今からようやく二人は結ばれることができるんだ。

「ヒロシさん！　ほら、すぐに行ってあげて……これは片付けておきますから、早く」

そう声をかけながら再度サエのほうを見た。そして、言葉を止める。

足元がおぼつかないサエの隣に、もう一人誰かがいることに気づいたからだ。あまり年は変わらなそうな男性だった。こちらもかなり高齢のようで、お世辞にもしっかり歩けているとは言えない。でも、サエを支えるように手を握っていた。

(………噓、だ。そんな、まさか?)

何も言葉が出てこず、男二人で黙って外を眺め続けた。

少し考えればわかること。結婚の約束をした相手を若いうちに亡くせば、その後サエがどうなるか。時代のこともある、他の男性と結婚したのだ。

決して彼女を責められることではなかった。生きている人間はその後、何十年も人生が残る。他の者を愛することだって、十分にあり得る。

ワタルはヒロシの顔が見られなかった。

これだけ長い年月を待ったのに、相手が結婚相手と現れるなんて。たった一人を愛し待ち続けたヒロシの気持ちを思うと、ワタルは慰めの言葉すら出てこない。

突然、ヒロシは力をなくし、腰かけた。

そこでようやくヒロシを見てみると、彼は泣いていた。いつでも大人びて颯爽としている彼の涙はあまりに悲しいと思った。

「……ヒロシ、さん」

ワタルが恐る恐る声をかける。だがヒロシから漏れた言葉は、ワタルが思っていたものとは違った。

「待っていてよかった……」

彼はそう、嬉しそうに呟いた。

「……え、で、でも」

ワタルは戸惑った。どう見ても、ヒロシの表情には絶望ではなく、喜びがあったからだ。何粒か輝く雫《しずく》を落としながら、掠《かす》れた声を出す。

「サエはあの後、幸せになったんですね……。結婚して、きっと子供を産んで。相手もサエを大事にしてくれたようだ、見ればわかる。それをこの目で確認できた。僕は待っていてよかったです」

そう言って優しく微笑んだヒロシを見て、ワタルは衝撃を受けた。

自分はまだ、本当の愛を知らないのかもしれない、と思う。

ワタルは安易に、ヒロシを可哀想だと思った。自分は諦めざるを得なかった愛する人が、他の男と結ばれたなんて、とんでもない悲劇だと思ったのだ。

でも違った。ヒロシはサエが幸せになってくれたことが何より嬉しいのだ。自分が見届けられなかった彼女の人生を、今垣間見ることができた。

ワタルの目からも涙がこぼれる。目の前の男性はやはり、自分とは比べ物にならないくらい強く素敵な人だと思った。

ヒロシはぐっと涙を拭くと、意を決したように立ち上がる。その顔はスッキリしたように見えた。

「サエがこっちに来るみたいですね。僕は会いません」

「え……！」

「サエの夫から見たら、僕との再会なんて嬉しくないでしょう。サエも困るかも。その姿を見られただけで幸せでした。ワタルさん、ありがとうございました」

そう言うと、ヒロシはワタルの返事も聞かずに、裏口から帰らせてくれるよう頼んだ。素早い行動だった。ワタルもそれ以上何も言えず、ヒロシを案内する。

店に戻ったワタルは誰もいなくなった椅子を眺め、ぼんやりとする。

「凄いなあ……僕には、真似できない」

そんな情けない独り言が、消えていった。


ワタルはそのまましばらく動けずにいた。

目の当たりにしたどうしようもない悲しさを、うまく消化できそうになかった。当事者でもないワタルがこんな状態なのに、ヒロシは大丈夫だろうか。

少ししてようやくフラフラと動き出し、中身がまだ残っているコーヒーカップを片付けようと手を伸ばしたとき、レストランの入り口が開く。

仲睦まじく手を取り合い、老夫婦がレストランに入ってきた。誰が見ても微笑ましい夫婦だ。でも今は、それを見るのが心苦しい。

　ワタルより先にケンゴが対応した。ワタルは夫婦から目を逸らし、口を固く結びながらコーヒーカップに再度手を伸ばす。

「ワタル！　ワタル!!」

　顔を上げてみると、ケンゴが焦ったような顔でワタルを手招きしている。早く来い、と言っているようだ。

　ワタルは力ない足取りでそっちに歩み寄り、なんとかサエたちに営業スマイルを見せた。

「いらっしゃいませ」

　近くで見るサエは、かなり高齢のようだった。垂れた瞼《まぶた》の向こうに小さな黒い瞳が見える。クッキリ刻まれた皺は彼女の長い人生を物語っていた。

　隣の夫と見られる男性が、ワタルに尋ねた。

「すみません。ヒロシさんという方を、ご存じありませんか」

　その言葉に、ワタルは驚いて二人の顔を交互に見る。支え合う夫婦たちは、優しい顔をしてワタルを見ている。

「……え……」

「妻がね、約束をしているんです。長く待たせたから、もういらっしゃらないかもしれないが……。ようやくここに来られたので、もしかしたら会えるかもしれない、って」

「その方を、探していらっしゃるんですか……？」

震える声でワタルが聞くと、ようやくサエが口を開いた。思っていたよりずっと嗄《しわが》れた声で、でもしっかりとした口調だった。

「いつかまた会おう、って約束したんです。会えるなら一目会いたくて。結婚の約束をしたまま叶わなかった人なんです」

彼女の意志の強い声を聞いた瞬間、ワタルはヒロシに伝えなくてはならないと咄嗟に思い、二人に返事をするのも忘れて店から飛び出した。

店の裏口に回り、一旦足を止めて考える。こっちに向かって歩いてくるサエさんたちと会わないように去ったはずだ。となれば、反対側の道だろうか。

力強く地面を蹴って走るワタルは、自然と自分の頬が緩んでいることに気がついていた。

覚えてた。覚えてた。ちゃんと覚えて、約束を果たそうとしてくれていた。

ヒロシがいなくなってから、彼女がどう生きたかわからない。でも、交わした言葉を忘れることなく生き続けてくれた。それだけは紛れもない事実なのだ。

少し走ったところで、ヒロシの背中を見つける。心の中でガッツポーズをとったワタルは、大声で叫んだ。

「ヒロシさーん！」

彼が振り返り、息を乱しているワタルを不思議そうに見た。そんな彼のそばに、ワタルは駆け寄った。

「よかった、見つかって。あんまり時間も、経ってなかったから……！」

「どうしたんですか、そんなに急いで」

「戻りましょう！　サエさんが、レストランで待ってます！」

ヒロシは表情を曇らせた。そしてフイッと横を向く。

「言ったはずです、僕はもう会わないと。サエにはもう隣に……」

「旦那さんも一緒になって、ヒロシさんを探しているんですよ！」

ヒロシが目を見開いた。信じられないことを聞いたように、あ然としてワタルを見る。

「二人でヒロシさんという人を探してるって。サエさんがヒロシさんに一目会いたいって！」

「……いや、でも」

「戻りましょう。サエさんの長い人生で、ヒロシさんの約束は色褪せることなく心に残っていた。それがすべてですよ！」

ヒロシは放心しているように立ち尽くしていた。その目は徐々に赤くなっていく。フワッと風が吹いたとき、ワタルの脳裏に絵が浮かんだ。ヒロシと、知るはずのない若い頃のサエが向き合っている絵だった。

泣きじゃくるサエに、ヒロシが何かを言っている。その手を取って、強く握りしめる。ヒロシは優しく微笑んでいるが、その唇が震えていることがわかる。

サエが何度も頷く。何度も何度も、頷いては涙をこぼす。そして、苦労して手に入れた米で作ったおにぎりをヒロシに手渡す。彼の口が何度も『ありがとう』と言う。

絵画のように美しく、それでいて悲しすぎる二人だった。

(ああ……こうやって、二人は別れたのかなあ)

ワタルはぼんやり思った。

その後、ヒロシの帰りを待ち続けたサエの気持ちと、サエの元に帰りたいと思いながら眠ったヒロシの気持ちを考えると、ワタルの鼻の奥がつんとした。

平和とは、何よりも尊いものだ。

「……僕はもう一度、サエに会っていいんでしょうか」

「いいんですよ！　サエさんの旦那さんも知っている二人の約束、ヒロシさんが破ってどうするんですか！」

ワタルが力強く言うと、ヒロシはすぐに駆け出した。疾風のようだった。ワタルは慌ててその背中を追う。

行き交う人々を器用に避けながら、ヒロシは進んだ。その背中を見失わないようにワタルも必死に走っていくと、途中でピタリとヒロシの足が止まった。

ヒロシのところまで辿り着いたワタルは、その背中越しに前を覗き見る。ヒロシの少し前には、サエたち老夫婦が立っている。相変わらず支え合うようにして手を取り合っていた。サエはただ、ヒロシを見つめていた。

夫がサエに何かを囁く。するとサエは、夫の手を離してゆっくりと歩き出した。小さな歩幅、不安定な足の運び。それでも、サエは一人でしっかりと、ヒロシの元へ歩み寄っていく。

ヒロシはそれを優しく見守っていた。そして、目の前まで来た愛しい人に、にっこりと笑いかける。

「サエ」

刻まれた皺の上を、いくつも涙が伝っていった。小さな黒い瞳はヒロシをしっかりと映している。

「ヒロシさん……」

「よく来たね。待っててよかった」

「待っててくれたの……」

「待ってたよ。またこうして会える日をずっと夢見てた」

サエは嗚咽を漏らして泣き続ける。そして弱々しい声で囁いた。

「長く待たせて……私だけ、こんな、シワシワになって」

そう言う彼女の手を、そっとヒロシが取った。大きな手に、小さな手が包まれる。

ヒロシはその手を愛おしそうに握って言った。

「綺麗だよ。サエはいつでもとても綺麗だ。ちゃんとここに来てくれてありがとう」

泣き声は一層大きくなった。それを離れた場所から、ワタルと夫が見守っている。

お互い忘れることのなかった約束。根気良く待ち続けた人と、生き続けた人。どちらかが欠けては叶わなかった再会だった。

「サエ、幸せになったんだね」

「私だけ……」

「ううん、君が幸せになったことは何より嬉しかった。それだけで、僕は待ち続けた甲斐《かい》がある」

ヒロシは少し離れたところで待つ夫に頭を下げた。夫は苦笑しながら、ゆっくり二人に近づいてくる。

「話はサエからずっと聞いていたんです、ヒロシさんのこと」

夫は過去を懐かしむように言う。

「サエはあなたがいなくなったあと、一人で健気にがんばっていてね。そんな様子に惚《ほ》れたのは私のほうなんです。実は何度も振られたんですが、しつこい私の気持ちに応え、一緒に生きていくことを決めてくれたんです」

「そうでしたか」

「あなたの分も彼女を幸せにしなくちゃ、って、そう強く思えましたよ」

「ええ、見ていてわかります。サエを大事にしてるんだなあ、って。ありがとうございます。悔しいけど、やっぱり嬉しい。サエを支えてくれたこと、感謝します」

ヒロシは晴れ晴れとした顔でそう言った。そして、サエに向かって言う。

「サエ、よくがんばったね」

サエは嗄れた声で答える。

「あなたがいなくなって……絶望して、それでも生きなければならないのは酷でした。でも、後ろ向きではヒロシさんに叱られる、って思ったんです。どんなこともがんばりました。挫折しそうになったこともあったけど、あなたは奪われてしまった生きる時間を、私が無駄にすることはできないと」

「それでこそサエだ。君は昔から何も変わっていないんだね。話してくれないか。君が一体どんな人生を歩んできたのか。嬉しかったこと、悲しかったこと。世の中がどう変わったのか。僕に教えてほしい」

「ええ、ええ」

「時間はたっぷりある。三人で話そう。きっと想像もできない世界があるに違いない」

サエはヒロシの手をしっかり握りしめたまま、ただ泣き続けていた。その姿は何よりも美しい、と、ワタルは思った。


サエたち夫婦は、その後も時々食事をしに来た。やはり支え合うようにして歩き、その姿は微笑ましくもある。

だが、あの再会以降、ヒロシがここにやってくることはなかった。それどころか、街のどこを歩いても、ヒロシの姿を見かけなくなった。見かけた、という話を聞くこともなかった。それがどういうことを意味するのか、誰にでもわかる。

温かな人だった。強くて、相手を思いやれる素敵な人だった。

ワタルは忙しく働きながら、今日も大きな窓ガラスを見つめる。一緒に磨いてくれた彼の姿を思い出すと、いつも胸が熱くなる。

#06

一度くらい、あなたを待たせてみたくて

「くあー、忙しかったなー」

ぐったりするようにミチオが椅子に座っている。ホールは満席状態が続き、今しがた少し客が引きはじめたところだ。フライパンを振り続けたミチオは肩を労るように回しながら、裏でようやく休憩を取っていた。

そんな彼を見て、ワタルは労いの言葉をかける。

「お疲れ様です、ミチオさん。さすがの捌《さば》き方でしたね。あんなに混んでるのに、料理の待ち時間が短くてすごいってお客さん褒めてましたよ」

ワタルが言うと、ミチオが顔を上げ、目を輝かせて子供のように得意顔になった。

「おう。まあ、俺はベテランだからな。腕は一流よ」

「それに、あの夫婦のリクエストにもすぐ応えたりして」

今日やってきた夫婦は、初めてこのレストランに来たらしかった。年齢は七十代といったところか。彼らはメニューにはない料理をリクエストしたのだ。和食もメニューにあるのだが、どうも好みではなかったらしい。彼らは家庭の味を味わいたいとのことで、肉じゃがとだし巻き玉子を希望した。

それをミチオに伝えると、彼はすぐにイエスの返事をした。少し時間はかかったものの、無事リクエストどおりの料理を完成。夫婦は大喜びで帰っていった、というわけだ。

　ミチオは、ふふんと鼻を鳴らす。

「一流のシェフはどんなジャンルの料理もできるってもんよ。得意不得意はあっても、大概作れるさ」

　単純な彼の様子にワタルは笑ってしまう。それを見ていたのか、ケンゴも顔を出してきた。

「そういやミチオさんって、ここに来る前はどんなところで働いてたんです？」

「ん？　ああ、ホテルのレストランのシェフだったよ。規模はでけーホテルだったぞ」

「げ！　マジですごい人じゃないっすか」

「げってなんだ、げって」

　笑いながら、ミチオはグラスに入った水を飲む。そんな彼を見ながらふと、結構長く働いているのに、ミチオの話を聞くのは初めてかもしれない、とワタルは思った。レストランで働くスタッフたちはみんな仲がいい。いい人ばかりだし、親切だ。だが、不思議と自分の話をあまりしない人が多かった。

　ワタルもその一人だ。隠しているわけじゃない、ただ、聞かれないから言わないだけ。仲良くしているケンゴすら、誰を待っているのか聞いたことはなかった。

それはやはり、皆、少なくとも繊細な話題であることがわかっているからだ。それに、待ち人は必ず来るとは限らない。

ちらりとミチオを見る。彼はワタルがここで働いてみたい、と立候補したときからレストランにいる。あれからどれくらい時間が経ったのだろうか。ミチオは誰を待っているんだろう。

「ミチオさんって結構長くこのレストランにいますよね」

「あー、まあ古株なほうだな。とはいえ、ここのスタッフは入れ替わりが激しいからなあ。街にはもっと長く待ってる人たちは大勢いるし、それに比べれば俺はまだまだ」

苦笑いしながらミチオは言う。あと一歩踏み込んで聞いてみようか、とワタルが迷っていると、ケンゴのほうが早く反応した。

「ミチオさんはよく働いてますけど、広場とかもっと見に行かなくていいんすか」

その質問に、ミチオは水を飲む手をピタリと止めた。

たしかに、とワタルも気づく。ミチオは基本、働いている。休憩時間も控え室でゆっくりしていて、街へ出ていることが少ないのだ。待ち人を探しに行っている様子がない。

ミチオはグラスをそっとテーブルに置くと、困ったような笑みを浮かべた。

「あー、まあ、そうだな。多分、もし相手が来たとしたら、俺がどこにいるかなんてすぐわかると思うからよ」

なるほど、とワタルは納得した。一流シェフだったミチオさんは、きっとこの世界でもレストランにいるだろうと、相手もすぐに気づくということか。それって素敵だな。お互いをよくわかってるっていうことじゃないか。

ニコニコ笑いながらワタルは言う。

「いいですね！　仲いい人なんですね。ここは待ち合わせ場所でもある一番有名なレストランですし、待ってれば来てくれそうですね」

ワタルの言葉に、ミチオは鼻から長い息を吐くと、首を傾げる。

「さあなあ……来てくれるかはわかんねえな」

「え？」

「カミさんを待ってるけど……俺は褒められたダンナじゃなかったから」

そう言った彼の顔は、まるで叱られた子供のようだった。ワタルとケンゴは思わず顔を見合わせる。

これ以上聞かないほうがいいのだろうか？　今まで聞いたことのない彼の過去の話。二人がそう迷っていると、ミチオは自ら話し出した。

「あー、俺はなあ、仕事ばっかりしててな。カミさんをあまり大事にしてやれなかったな、って思うんだ」

「え、ミチオさんがですか？」

ワタルは驚いて声を上げる。彼は優しいし穏やかな人で、結婚していたら絶対愛妻家だろうなと思っていたのに。意外にも程がある。

「年とってから反省したんだよ。家庭を顧みず仕事ばっかりして、飲んで帰ってさ、こんなの愛想つかされても仕方ない夫だったたって。あいつは何度も俺を叱ったのに、ちっとも言うこと聞かなかった。これからちゃんとしようって思った矢先、こっちに来ちまってなあ。だから、カミさんが俺を探してくれるかはわからないんだ」

ワタルとケンゴは返答に困った。無責任に『大丈夫ですよ！』とも言えない。ミチオの家庭のことは、ミチオにしかわからないのだ。

ケンゴが尋ねる。

「奥さんは、どういう人だったんですか？」

「そこいらによくいるタイプの女だったよ。口うるさくて明るくてな。でも金がない若い頃の俺を支えてくれた優しい人だった。安い飯を二人で食っててなあ。年をとってからもっといい店で食ったらよかったのに、俺はこういう仕事してるからなのか、外食が嫌いでな。家で自分で作ったほうがいいっていうタイプだったんだ。妻は仕事が終わる俺の帰りをずっと待っててくれる、そんなやつだった。……って気づくのが遅すぎたんだ、俺は」

あのミチオさんが、弱々しい。こんな彼を見るのは初めてだったのでワタルたちは驚いた。いつも陽気でキッチンを仕切っている彼は頼りになる先輩でもあった。

そうか、待ってはいるものの、相手も同じ気持ちかどうかわからず不安なのか……。ワタルは複雑な気持ちになる。

ミチオはふうと息を吐いて笑顔で謝った。

「あー悪いな、暗い話になっちまった。こうなるのわかってるから、あんまり言わないようにしてたのにな」

「い、いいえ、聞いたのは僕で」

「多分、相手は来ねえよ。ほら、俺もいい年だろ？　寿命を考えると、カミさんは来るのにそんなに時間がかからないはずなんだ。でも、結構長いこと待ってる。いいんだ、思う存分料理してれば俺は満足だから。さて、ちょっと休憩してくるわ」

そう言いながら、彼はワタルたちに背を向けて奥へ入っていった。残されたワタルは、その後ろ姿を見送りながらポツリと呟いた。

「ミチオさんがあんなこと思ってたなんて」

「うん、びっくりだな。本当に奥さん、ミチオさんのところに来ないのかな？」

「さあ……結構待ってるみたいだよね。そろそろ現れてほしいよね」

彼がいつもがむしゃらに働いている理由が、少しわかったような気がした。ミチオは怖いのだ。もし妻と再会できたとき、喜んでもらえなかったら。そう思うから、キッチンで働いてひたすら待っている。あまり自分では表に出さず、妻が迎えにきてくれるのを待っている。

彼にそんな臆病なところがあるなんて、驚きだな。そう二人は思った。


仕事とは難しいもので、忙しすぎても疲れるし、暇すぎてもやることがなくなる。その日は程よく来客があった。

空いた皿を下げているところに、入り口の扉が開く。ワタルは振り返って声をかけた。

「いらっしゃいませ！」

立っているのは一人の婦人。常連客のカスミだ。年は六十ほどの、いつもニコニコした気のいいおばちゃんである。

彼女はだいぶ店の味が気に入っているらしく、メニューの端から端まで順に頼んで堪能していた。

ワタルはカスミのそばに駆け寄り、笑顔で対応する。

「こんにちは、カスミさん！」

「また働いてるのねえ！　働き者ねー」

「楽しいんで。お好きな席にどうぞ」

カスミは頷いて、一番隅の窓際近くに腰かけた。選ぶ席は大体そのあたりが多かったので、今日もいつもの場所だなあとワタルは思う。

メニューを手渡しながら、カスミに言った。

「うちのメニュー、結構食べていらっしゃいますよね？」

「そうねえ、めぼしいものはもう注文し尽くしたかもしれないわ。どれも美味しかった」

「はは、制覇ですかね」

「ああ、多分このハンバーグが最後だわ。今日で制覇ね！」

カスミは笑いながらメニューを閉じてワタルに手渡す。彼は先日のことを思い出し、カスミに言った。

「うちのシェフは優秀ですから、メニューにないものでも希望があれば作れると思いますよ」

その提案に、カスミはふうんと頷いて考える。そして何かを思いついたように、ワタルを見上げた。

「そうだわ。じゃあ、ハンバーグのほかに、一つリクエストを聞いてもらおうかしら」

「聞いてみますよ！」

「紅茶のケーキを」

なるほど、たしかにレストランのメニューにはなかった。普通のケーキはあっても、紅茶味というのはなかなか珍しいのではないか。

カスミは言う。

「簡単なものでいいの、紅茶の風味が好きで」

「そうなんですね。聞いてみます！」

「ええ、時間はかかってもいいから、よろしくお願いできるかしら」

そう言い、彼女はどこか嬉しそうに、まるでワクワクしている子供のような顔になった。よほど好きなんだろうなあ、とワタルは思う。

そのまますぐに厨房へ行き、まずハンバーグのオーダーを通したあと、ミチオに向かって声をかけた。

「ミチオさん！　メニュー外なんですが、いいですか？」

ちょうど出来上がった料理を皿に盛りつけている最中のミチオは、ニヤリと笑った。

腕を止めることなく答える。

「はは、またか？　ま、いいよ。今回は何だ」

「ええと、紅茶のケーキが食べたいんだそうです」

そう言ったとき、一度ミチオの手が止まったのをワタルは見逃さなかった。彼は数秒停止し、それから気がついたように慌てて料理の盛りつけを終えると、それをワタルに差し出しながら、やけに真剣な表情で尋ねた。

「それ、どんな人からのリクエスト？」

「え？」

随分低い声だったので驚きつつも、皿を受け取りながらとりあえず答える。

「カスミさんです。ミチオさんは知りませんか？　結構前からずっと通ってくれてる常連さんですよ」

それを聞くと、ミチオはすぐに落胆の表情に変わった。とてもわかりやすい変化だった。

「いや、何でもない。わかった、作ってみるわ。それは三番のテーブルな」

そう言うと、ミチオはすぐに厨房のほうへ入っていってしまった。性別を聞きたかったのか？　そんな感じには見えなかったのだが。ワタルは不思議に思いながらも、とりあえず受け取った料理を運びにホールへ出た。

それから少し経ち、無事ミチオは紅茶味のケーキを焼き上げた。ワタルすら感心してしまうほどの見栄えと香りで、きっとカスミは喜ぶだろうなあと楽しみになる。カットしたケーキの隣には生クリームとチョコレートなども飾られ、見た目も華やかに彩られている。

早速それを、食事し終えた彼女のところへ持っていき、テーブルの上に丁寧に置いた。

「カスミさん、お待たせしました。紅茶のケーキです」

カスミがパッと目を輝かせて見下ろした。そして、その輝きのまま、白い歯を出してふわっと笑った。

「わあ、凄い。とっても美味しそう……！　これ、誰が作ったの？」

「ミチオさんって人ですよ。呼んできますか？」

「いいのいいの、忙しいのにそんなこと。そう、彼はなんか言ってた？」

「リクエスト、嬉しそうでしたよ」

カスミはそれを聞いて小さく頷いた。そして添えてあるフォークで早速ケーキを頬張る。

「ああ、いい香り。焼きたてのそれを味わうように目を閉じ、満足そうにする。とっても美味しいわ。ありがとうと伝えておいてもらえる？」

「かしこまりました」

ワタルはそう言って下がる。カスミの喜びように、こちらも嬉しくなってしまった。

ちらりと振り返ると、大事なものを食べるようにゆっくり味わっている。そんな光景がたまらなく幸せだと思った。

厨房に戻ったワタルは早速、カスミが大喜びしていました、とミチオに伝えた。彼は短く『そうか』と答えただけで、それ以上は何も言わなかった。

それからカスミは以前より来店のペースが落ちた。気になるメニューを制覇してしまったためだろうか。それでも時折店に訪れては、紅茶のケーキか、時々違うものもリクエストした。

少し変わったものが多いように思えた。例えば、レストランで頼むにはちょっと珍しい梅のお茶漬け、とろろご飯。さつまいものケーキ、ただの目玉焼き。最初は面白いなと思っていたが、思えば外食だとそういった家庭的なものはなかなか食べられない。長く滞在していると、そういうものが欲しくなるんだろうなあと納得した。一軒くらい、家庭料理ばかりを出す店があってもいいのかもしれない。

ミチオにオーダーを通すたび、彼はどこか困ったような顔になった。とろろご飯や目玉焼きは簡単すぎて、シェフとして腕の見せ所がなくて残念に思っているのかもしれない。ワタルはそう考えていた。

ある日、またカスミが来店した。彼女は相変わらず明るくニコニコしながら隅のほうの席に座り、メニューを開いてワタルを呼ぶ。

「ワタルくん、オーダーいい？」

「はい、どうぞ！」

「えっと、また一ついいかしら」

カスミが特別なものを注文するのはもはや恒例だったので、驚きもせず了承する。

カスミは腕を組んで考えるしぐさをした。

「メニュー外のものばかりで申し訳ないけど」

「うちのシェフは喜んでいますよ。今までのはやっぱり、好物だったんですか？」

「ええ。私が好きなものばかり。私はね、料理を作るのはあまり得意じゃないの。料理って奥深いと思うわ。目玉焼きですら、私が作るのと腕がある人では味が違うものなのよ」

「へえ、そうなんですか」

「いろいろお願いしちゃったわよね。ふふ、紅茶のケーキから始まって……いろいろ……」

そう言いながら、カスミの目がすっと細くなる。ワタルはその表情を見て、言いかけた言葉を呑み込んだ。

悲しみ？　いや、どこか怒り？　寂しさか、何なのか。このタイミングで一体なぜ彼女がそんな顔をするのかわからなかった。つらい過去でも思い出しているんだろうか。

しばらく二人とも黙り込み、店内にいる他の客の楽しそうな声だけが響く。立ち尽くすワタルに、カスミは言った。

「やあねえ、ほんと」

「え？　何がですか？」

「勘が悪くて鈍い人間は」

わけがわからず混乱する。一体何の話をしているのだ。困るワタルに、カスミは笑ってみせた。

「ごめんなさい、ワタルくんは全然悪くないのよ。今日はね、餃子《ぎょうざ》を頼みたいの」

「はあ、餃子ですか。中華は他のお店でも」

「ツナを入れてほしいの。ツナ入りの餃子」

また変わったリクエストだ。普通の餃子ではなかった。それはたしかに他の店でも食べられそうにない。

ワタルは了承して、メニューを下げた。

先ほどの様子はなんだったんだろうと思いながら裏へ回り、ツナ入りの餃子だなんて聞いたことがないけれど、確かに美味しそうだ、と一人想像して笑う。

そしていつもどおり、ミチオに向かって声をかけた。

「ミチオさーん！」

「ん？」

「リクエストいいですか？」

「今日はなんだ」

ミチオはどこかソワソワするように尋ねた。

「餃子ですって！　それも、ツナ入り餃子！」

その途端、ミチオは振っていたフライパンをやや乱暴に置いた。まだ料理の途中だというのに、勢いよくこちらを振り返って睨む。

彼は凄い形相だった。ワタルがついのけぞってしまうほど。

「ツナ入りの餃子？　それ、まさかカスミって女の人からか？」

「そ、そうですよ。最近ずっとリクエストしてたカスミさんです」

「そのカスミって人は、一体いつからここに来てるんだ？」

「え、結構前ですよ。僕が働くより前かも？」

「どんな人だ、特徴は」

「しょ、ショートカットで小柄の、年は六十ぐらいかな？　明るいおばさんです」

あまりの勢いに、戸惑いながらなんとか答える。ミチオは愕然《がくぜん》としたように言葉を失っていた。表情を硬くさせ、瞬きすらしていない。

彼が放り出したフライパンから、ジュウジュウと音が聞こえてきている。ワタルは慌てて指摘した。

「ミチオさん、火！」

「あ、ああ……」

彼は急いでそちらに戻り、一旦火を消した。もしかしたら作り直しかもしれないな、とワタルは思う。

ミチオはそのまま、コンロの前で呆然と立っていた。手は拳を強く握りしめ、震えているようにも見える。ワタルはそんな様子にどう声をかけていいのかわからなかった。

「……すまん、すぐに作る」

少し間があったあとミチオが言ったので、ほっと胸を撫で下ろす。

ワタルが再度ホールに出ると、今日はやけにソワソワとしているカスミが目に入った。そんなに餃子が待ち遠しいのだろうか。

その後、ウェイターの一人が彼女に餃子を運んだ。美しい焦げ目がついた、なんとも食欲をそそるものだった。カスミは待ってましたとばかりに笑顔になる。

「ありがとう！」

そう言って、箸を手にしてパクリと食べる。ゆっくり味わうように目を閉じた。何度も何度も頷きながら咀嚼《そしゃく》し、満足げにため息をつく。だいぶ気に入ったようだ。さすがミチオさんだな。

ワタルがそう思ったとき、キッチンから一人の男が顔を出した。ミチオだった。見慣れたコックコートを着たままだが、帽子だけは外していた。たしか、まだ休憩時間ではなかったと思うが。

彼は非常に難しい顔をしていた。眉を顰めて、ゆっくりと客席を見回している。そんな様子を、ワタルをはじめスタッフみんなが不思議そうに見ていた。

するとミチオはカスミを見つけた途端、驚いているような、笑っているような顔をした。

「やっぱり……」

そう小さく呟いたのを、ワタルは聞き逃さなかった。

呆然と立ち尽くすミチオに、カスミが気がつき、ふふっと小さく笑ってみせる。二人はしばらく見つめ合ったまま動かなかった。ワタルは少し距離を置き、キッチンから二人の様子をこっそりうかがってみる。幸い、店内は空いてきたところだ。他のスタッフも気になるようで、遠くから二人を見守っていた。

ややあって、ふらふらとミチオがカスミに近づき、力無い声で尋ねた。

「……どうして。スミレ」

スミレ、と呼ばれた婦人は、無言で餃子をもう一つ食べる。ミチオはさらに尋ねた。

「カスミだなんて名前まで偽って、どうして」

「あなたがいつ気づくかなあと思ってたの」

悪戯っぽくスミレは笑った。ミチオは餃子を見つめながら言う。

「紅茶のケーキも、とろろご飯も目玉焼きも、全部お前の好きなものだ。でも、名前が違うから別人かと。でも、このツナの餃子で確信した」

「ふふ、やっとね」

ここまで聞いて、ワタルはようやく理解する。カスミという名は偽名だ。身分を隠したままレストランに来て、ミチオにだけわかるように好物を作らせた。

つまり、この人はミチオの妻なのだ。

驚きと同時に、ワタルは不思議に思った。だって、スミレは随分前からの常連だ。なんで今までミチオの前に現れなかったんだろう。

ミチオはじっとスミレの顔を見た。

「お前……あんまり変わってないじゃないか」

「あら、そうでもないわよ。あなたがいなくなってからしばらくは一人でいたんだから」

「でも、これだけ長い時間経ってたら、もっと婆さんになってていいはずだ。そう！　それにワタルも言っていた、お前はずっと前からの常連だったとな。何で隠れてた？　俺に会いたくなかったのか？　なら、なぜこんなリクエストを？」

疑問ばかりが並べられる。ミチオは完全に混乱しているようだ。だが一方、スミレは余裕たっぷりだった。餃子をすべて食べ終え、口元をナプキンで拭きながら答える。

「ずっと知ってたわよ。あなたがここで働いていることぐらい」

「え……」

「まあ、一番目立つ場所にある有名レストランってだけで、推理するには十分。あなたは絶対ここで働きたがるだろうなって思ったの。客として入ってみて、料理を食べて確信した。スタッフからあなたの名前も聞いてたしね」

「じゃあ、何で」

「一つ。あなたの料理をしっかり食べてみたかったの、一人の客として。そりゃ何度も家で作ってくれたことはあるけど、家と職場じゃ違うでしょ。こんなところまで来ても続けたがる料理、堪能してみたかったのよ」

ミチオは何も答えず、ただ口を開けたままスミレを見ている。彼女はそんなミチオを見て満足げだ。

「二つ。……一度くらい、あなたを待たせてみたかった」

それを聞いた瞬間、ミチオは固く口を結んで俯いた。

『仕事が終わる俺の帰りをずっと待っててくれる、そんなやつだった』

彼はあまり家庭を顧みなかった。そう自分で後悔していた。だから、妻はもしかして自分と会いたがらないかもしれないと。

これは妻からの小さな仕返しなのだ。先に旅立ってしまった夫への不満をぶつけたかったのかもしれない。だからすぐには会いに行かず、夫を待たせた。

それでも、夫の作った料理を食べ、結局は名乗りを上げたことは、彼女が愛に溢れた人だということを表していた。また夫に会いたいと、願っていたのだ。

ミチオは顔を赤くして唇を震わせた。その目には涙がいっぱい溜まっている。彼のそんな姿を見たことがなかった店中のスタッフは、固唾《かたず》を呑んでその光景を見守っていた。ワタルもそのうちの一人だ。

ワタルはふと、あることを思いつく。そして忍び足でレストランの入口に向かうと、今まで一度も使ったことがない札を貼り付けた。

『準備中』

よし、と頷く。店内にはスミレたち以外に数組、しかも食事が終わりかけの客ばかりだった。

ワタルがホールへ戻ると、いまだミチオは泣きそうな顔をしながら立っているだけだ。そんな彼に助け舟を出すように、ワタルは声をかけた。

「ミチオさん！　よければ座って、奥さんと食事でもとったらどうです？」

「え、でも」

「もう少しで休憩時間でしょう？　ほら、座って」

ミチオの背中を押しながら、ワタルは笑顔で言う。すると他のスタッフも勘づいたのか、すぐさま動き出した。優秀で気が利くスタッフばかりだ。

ワタルは覚えていたのだ。安い飯屋ばかりで、いい店には行ったことがないとミチオが言っていたのを。ここはそこまで高級店ではないにしろ、少なくともこの街では一番の大きな店だ。二人で話しながら食事をするのにはもってこいの場所と言えるだろう。

だがミチオは困ったようにソワソワしていた。スミレは呆れたように言う。

「なあに。いつも作ってる側だから、食べる側になるのはそんなに緊張するの？」

「知ってるだろ、俺は外食はあまり得意じゃないんだ」

「変なの」

揶揄《からか》うように言う妻に、少しだけミチオの表情が緩んだ。ワタルはそそくさと裏へ回り、キッチンにいる人たちに状況を説明した。だがみんなすでに知っていた。他のスタッフが早くも伝えていたらしい。

キッチンの人々は嬉しそうに調理を始めていた。まさか、ここの料理長をもてなす日が来るとは思っていなかったんだろう。

前菜はすぐに用意された。ワタルがホールに運んでいくと、気を利かせたのか、それともただ単に食べ終わっただけなのか、他の客はもう皆帰っていて、店は二人の貸切状態になっていた。

料理を運ぶと、スミレは感嘆の声を上げ、ミチオは満足げに頷いていた。二人はゆっくりそれを味わいながら、小さな声で会話を重ねていく。それでも他に客がいない店内では、どうしても響いてしまう。

「美味しいわ。とっても」

「まあ、他の料理人も俺がしっかり指導してるからな」

「あなたは家でも料理してくれたわよね。私は苦手だから、感心してばかりだった」

「そうだな、スミレは基本料理が苦手だったな」

「目玉焼きですら味が違うのは一体なぜって話よ、不思議だわ」

二人の会話は徐々に弾み出す。長いこと離れていたとは思えないほど、軽快なリズムだった。時に笑い、時に怒りながら昔の話を中心に繰り広げられていく。

料理は次々運ばれていった。そのたびスミレは嬉しそうな声を上げ、ミチオはどこか落ち着かない様子だった。自分が働く店でもてなされるというのは、どうも居心地の悪いことらしい。

シェフたちが腕によりをかけて作られた料理がどんどん胃袋に収まっていく。料理を待っている間は特に、会話が弾んだ。

食べながらもいいが、料理を待つ時間も大事なコミュニケーションを取る場だとワタルは思う。同じ目的を持って向かい合うのだ。会話が生まれないはずはない。食事をするということは、そういった楽しみ方もあるのだ。ただ腹を満たすのと味わうだけではない。

無事デザートまで運び終わり、二人は甘いアイスクリームを食べていた。それが半分ほど減ったとき、ミチオが小さな声を出した。

「すまなかった……前からもっと、お前とこういうところに来て、向かい合う時間を取ればよかったのに」

スミレは澄ました顔でアイスを食べている。ミチオは小さなスプーンを持ったまま手は動かさず、さらに続ける。

「スミレは俺に会いたがらないかもと思っていた。だから、探すこともせずに待ってるだけで……情けない」

「ほんと。あなたって、仕事に関してはうるさいのに二人でお店に行くのは嫌いだし、一人でふらっと飲みに行っちゃうし、私は家で待ちくたびれていたわ」

「……すまない」

彼は項垂れる。スミレはアイスを完食すると、スプーンを置いてすっと前を向いた。

ミチオに向かってキッパリと言い切る。

「でも、あなたが誇りを持って仕事をしている姿は好きだったわ。だから、私はずっとついていった。それがわからないのかしら？　本当に会いたくないぐらい憎んでたら、とっくに離婚してたわ」

「スミレ……」

「ここに来たあとも、あなたがここで働いてるってわかって嬉しかった。それでこそあなただってね。料理もとても美味しかった。それだけで、私は十分なのよ」

スミレはにっこり笑ってみせる。ミチオはただ俯いて、唇を噛《か》んでいた。

まさか妻がずっと自分の料理を食べ続けてくれていたなんて、想像もしていなかった。妻は一番の理解者でもある。それに気づけなかった自分が何より情けなく、恥ずかしいと心で嘆く。

ミチオは溶けかかったアイスを一口で完食した。そして決意するように、ワタルに声をかける。

「ワタル」

「あ、はい！」

慌てて彼ミチオの元へ行くと、彼は口角を上げて微笑んだ。

「ありがとう。妻と初めてゆっくり料理を堪能できた」

「いえ、みんなの協力があってこそです」

「すまないが、俺はこれから、ただの客になろうと思う。新しいシェフを探してくれるか」

レストラン内がどよめいた。スミレも目を丸くしてミチオに言う。

「ちょっと！　別に私、辞めろなんて」

「いいんだよ。スミレと再会できたから、もうそんなに長くいられないだろうし。俺は後悔してたんだ、スミレともっとゆっくり話せばよかった、って。料理はもう十分作った。あとはスミレと過ごす」

キッパリそう言い切ったのを聞いて、スミレは嬉しそうに、でも恥ずかしそうにはにかんだ。長年一緒にいる夫婦なのに、こんな顔をできるのが可愛らしくて羨ましいと、ワタルは思った。

話を聞きつけたスタッフが自然と集まってくる。キッチンにいたシェフたちもだ。みんな笑顔で送りたい気持ちと、寂しい気持ちで複雑な顔をしていた。

ミチオは立ち上がり、深々と頭を下げた。

「今日の料理もサービスも完璧だった。とてもいい店だ。お世話になりました」

そう言った彼の目には涙が浮かんでいた。ついワタルの鼻の奥もつんと痛くなる。ワタルが働き始めてからずっと世話を焼き、気にかけてくれていたのはミチオだ。時に家族のように接してくれていた。でも、そんな彼と永遠に働けるわけではないことはずっとわかっていた。ここは、そういう場所なのだから。

後悔していたスミレとの関係を少しでもやり直してほしい。二人で楽しんで、まったり過ごしてほしい。ワタルは心の底からそう思う。

どこからともなく拍手が起こった。

「ミチオさん、お疲れ様です！」

「ミチオさん、ありがとうございました！」

「遊びに来てくださいね！」

口々にそうメッセージが発せられる。それをスミレも嬉しそうに聞いていた。夫が職場で愛されていたという何よりの証拠だった。

二人は温かな言葉に包まれながら、店をあとにした。ミチオはそれまでずっと着ていたコックコートも店に置いていき、私服で歩き出した。シェフではなく、一人の夫として。

スミレは嬉しそうに、隣に立つ夫を見上げていた。

二人がいなくなったあと、ワタルは入り口に貼り付けた『準備中』の札を取りに行った。同時に、新たな貼り紙をそこに貼り付ける。

『シェフ　募集中』

この店は店員の出入りが激しい。当たり前だ、待ち人がいつ来てくれるかなんて誰にもわからないから。働き出してすぐにいなくなる者もいれば、長く働いた末、こうして去っていく者もいる。いなくなっていく者を責める者は誰もいない。

ワタルは貼り紙をそっと指でなぞる。別れは悲しいものばかりではないが、それでも心の喪失感は抑えきれない。

「家族、かあ……」

ワタルは小さく呟いた。

#07

また会うときは、僕を覚えていて

ミチオがレストランを去って少し経つ。店は通常どおり営業していた。ミチオがいなくなったあと、キッチンはしばらく忙しそうだったが、貼り紙の効果は絶大だった。待ち合わせ場所で人目につきやすいのもあり、すぐに働きたいと希望がたくさんあった。ミチオの次に長く勤めていたシェフが新しく料理長となり、彼は新人に仕事を教えながら、なんとかレストランを回していた。

キッチンの混乱は、ホールにも影響した。せめて皿洗いだけでも、と、みんなで協力し合うことが必要だからだ。

その日も、まさにそうだった。ホールは人手がそこそこ余っていたので、ワタルはキッチンのほうを手伝っていた。皿を片付けたり、野菜を洗ったりする程度のものなのだが。

そしてしばらくして落ち着いてきた頃、ふらふらとホールへ戻った。ケンゴがそれを見つけ、面白がって声をかける。

「おうワタル、ヘロヘロじゃん。大丈夫かー？」

「ああ、ケンゴ……いや、簡単なことしかしてないんだけどさあ。慣れないことって疲れるよね」

「はは、それはわかるわ。接客とは違った大変さがあるからな。そういえば、さっきここ来る前に街でミチオさん見たよ」

「え、そうなの？」

「嬉しそうに奥さんと歩いてた。なんつーかデレデレ？　俺ですら空気読んで声かけるのやめた」

「あはは！」

ワタルは声に出して笑ってしまう。会えないかもしれないと思っていた妻が、実はずっと自分を待っていたなんて嬉しいし、惚れ直すよなあ。素敵な夫婦だ、と憧れる。しかし、あのミチオさんがデレデレか。見てみたいな、そのうち僕も街で会えないかな、なんて彼は思った。

正直なところ、ずっと店を回してきたミチオがいなくなったのは寂しい。なんだかんだ面倒見のいい人だったので、きっとレストランで働く誰もがそう思っている。

ここで働くみんなは誰かを待っている。待ち時間に働いてみよう、という人たちが集まっているだけだ。だから、いずれ誰もがいなくなる。一人、また一人と、メンバーは変わっていくのだ。

そう思うと、心の奥がぐっと痛んだ。ワタルにとってかけがえのない場所になっていたからだ。決して悲しい別れではないのに、複雑なものだ。

ケンゴは、そんなワタルの気持ちを察したようだ。

「まあ、いつ誰がいなくなるなんて全然見当つかないのがつらいとこよな。待ち人が一体どんなタイミングで来るのかなんて知らねーんだもん」

「そうだね……」

ワタルは目の前の友人に聞こうとした。ケンゴは誰を待っているの？　と。だが少し迷ってしまう。これだけ仲良くしているのに、今まで聞いたことがなかったので、今更聞きにくいと思ったのだ。

迷っていると、キッチンからひょこっと一人の男性が顔を出し、二人を手招きして呼んだ。ミチオのあとに料理長になった人だ。彼もまた、当然ながら料理の腕は一流。

「ワタル、ケンゴ、ちょっと」

「はい？」

ワタルたちが呼ばれたとおり裏へ入ってみると、そこにいくつか皿が並べてあった。色とりどりのマカロンと、様々な形をしたチョコレートだ。ケンゴが、わっと声を上げる。

「うわ、美味しそう！　なんすかこれ」

「試作品だ。デザートの種類を増やしてみようかと。ちょっと食べてみてくれ」

「そういえば、ケーキはあるけどマカロンはなかったな。あとチョコレートも！　ワタル、食べてみよう」

笑顔で誘ってくるケンゴの横で、ワタルは並べられたチョコレートを凝視していた。王道の丸い形をしたトリュフや、真っ赤な色をしたハートのチョコ、白い四角い生チョコ。

胸の奥が少し騒ぐ。

「ワタル？」

「……ううん。一つもらいます」

ワタルは無難な茶色の四角いものを選んだ。口に入れると、とろける食感とアーモンドの香りが鼻から抜ける。時間をかけて作られたということがわかる、繊細な味だ。

「おいしい」

「こっちのマカロンも美味しいですよ！」

「そっか、よかった。他にも食べて、感想を正直に聞かせてくれな」

褒められたシェフは嬉しそうにしながら、一旦キッチンの奥に入っていく。ケンゴはワタルの顔を覗き込んだ。

「なんかあった？」

「いや……姉の好物だったな、って」

「へえ、ワタル、姉ちゃんいたのか」

マカロンを食べながら言うケンゴに、ワタルは先ほど尋ねようとしたことをついに口にした。

「あ、のさ、ケンゴは」

「んー？」

「……答えたくないならいいんだけど」

「うん」

「どうしてここにいるのかなあ、って」

ワタルの質問に、ケンゴは嫌な顔をしなかった。むしろ、どこか嬉しそうにしながらワタルに言う。

「いやあ、俺、会いたい奴いっぱいいるんだけどね！　親友だって会いたいし、片想いしてためっちゃ可愛い女子にも会いたいし」

「わあ、さすがだね……」

「はは、でも一番は家族かなーと思うけどな」

家族、という単語にワタルは反応し、すぐに声を上げた。

「僕も！　……僕は、姉を、待ってる」

ケンゴと目が合った。ワタルは少し恥ずかしく思いながら、そっと視線を逸らした。

「僕はケンゴみたいにそんなに友達は多くないいし、彼女もいなかったから……家族も、たった一人、姉だけ」

「一人？」

「うん。七歳年上なんだよね」

「そっか。なら普通に考えたら会えるのはまだまだ先だよな、若いし」

ワタルは頷いた。もちろんどこでどうなるかはわからないが、普通に考えればワタルの待ち時間は結構長いだろうと想像がつく。だからこそ彼は、レストランで働くことを決めた。遊び歩いているだけより、働いているほうが気がまぎれると思ったのだ。

いつか会えたときは、相手は皺がだいぶ増えてて、ワタルはこのままで……なんて、今から想像してしまう。

「ワタルのお姉さんなら、大人しくてほんわかした感じかな？」

「あはは！　気が強い人だったよ。弟にも容赦ないんだ」

ワタルは笑いながら、並ぶチョコレートを見る。

「こういうチョコをさ、時々買ってきてくれたんだ。三個だけ入ってるやつ。高いから、それ以上はなかなか買えなくて。一個ずつ食べて、最後の一つはゲームで対戦か、じゃんけんで勝ったほうが食べるルールなんだ。でも、対戦中、姉はずるい手とか使ってきて」

そこまで話したワタルは、思い出し笑いをした。昨日のことのように姉との日々が甦る。騒ぎながらゲームをして、大人げなく喧嘩した日々を。

そんなワタルを、ケンゴは微笑ましく見つめた。

「仲がよかったんだな」

その言葉に、ワタルはこくりと頷く。

「僕と姉は……施設育ちだったんだ」

「え？」

ケンゴは初めて聞く事実に、つい驚きの声を漏らした。

「幼い頃、両親が事故で死んで、頼れる親戚もいなくて、二人で施設に入った。年が離れてる姉が就職して稼ぐようになったあと、僕を引き取ったんだ」

「そうだったのか……」

「僕の学費も出そうとがんばって、二人で生きてきた。ボロアパートに貧乏飯、僕のバイト先からもらってきた廃棄予定の弁当がご馳走。そんな生活だったけど、二人で暮らすのは楽しかった」

「二人きりの生活か」

「うちが貧乏っていうのを大家さんもわかってくれててさ。イノウエさんっていうんだけど、高齢の夫婦でとっても優しくて。野菜が採れたからってお裾分けしてくれたり、夕飯に誘ってくれたり。そうやって、いろんな人の支えで僕たちは暮らしてたんだ」

その話を聞いて、ケンゴは口には出さなかったが、ワタルが優しく情に厚い理由がわかった気がした。人に支えられて生きてきた自覚があるから、彼自身も誰かを支えたいと思うのだろう。

「姉には頭が上がらなかったよ。若いのに働いて僕を養ってたんだから。感謝してもしきれない。……予想外のところで別れが来たのはつらかったけど。でも、いずれまたここで会えるはずだ、って思うから。いつか再会した日には、あっちはばあちゃんになってて、もしかしたら孫の話とかも聞けたりして……。一人にさせたことを謝ろうって、思ってる」

そのときを想像するかのようにどこかを見つめ、ワタルは長い息を吐いた。いつ来るかわからない姉との再会が、今彼をここに存在させている理由なのだ。

ケンゴは初めて聞いた友人の過去に何と答えようか考えたが、無理して何かを言う必要はないか、と思った。

小さな声で呟く。

「会えるといいな。お互い、会いたい人と」

その声は優しく、ストンとワタルの胸に落ちた。

休憩時間をもらったワタルとケンゴは、息抜きに外へ出ていた。くだらない話をしながら散歩しつつ、深呼吸をしながら辺りを見回す。噴水周りには相変わらず、誰かを待っている人たちがいた。

するとちょうど待ち人が現れたのか、嬉しそうな声を上げる男女がいた。二人は手を取り合って泣きながら喜んでいる。夫婦だろうか？　いや、きょうだいかもしれない。幸せそうなその光景に二人で微笑みながら横を通り過ぎ、飛沫が輝く噴水の前にあるベンチにどちらともなく座った。

「この噴水はいつ見てもほんと立派だよなあ」

ケンゴが感心するように見上げる。見ているだけで心が洗われるような感覚になる。

「汚れた心が綺麗になる感じがするよ……」

「ぶは！　ワタルに汚れた心なんかあるのかよー！　俺よかよっぽど真面目でいいやつなのに」

「どこが。ケンゴだって優しい人だって知ってるよ」

「やめろよ気持ち悪い」

「え、ほんとのことだけどなあ。向こうだったら、多分僕たちタイプが違うから仲良くなれてなかったと思うんだよ。ケンゴは明るくて楽しいから、いい友達ができたなと思ってる。こっちに来てよかったと思うところはそこかな」

褒められたのが恥ずかしかったのか、ケンゴはふいっと横を向いてしまう。案外、彼は照れ屋なのだ。そんな彼の様子にワタルが笑っていると、ケンゴが突然声のトーンを下げた。

「なあ、あの人、ずっとあの体勢で噴水の水を覗き込んでるけど、どうしたんだろう？」

彼が向いているほうをワタルも見てみる。

女性の後ろ姿が見えた。細身で小柄、ショートボブの髪。周りの人々は皆、まったり話していたり、待ち人を待っていたりする中、彼女はじっと噴水を覗き込んで動かず、異質に見えた。

その後ろ姿を見た途端、どくんとワタルの心臓が音を立てる。

不思議な感覚だった。体の中で何かがざわめき、鳥肌が立つ。

ワタルの位置から顔は見えなかったが、確信していた。ベンチから立ち上がり、ふらふらと女性の隣まで歩み寄る。

横顔が見えたとき、ワタルは小さく首を振った。

見間違えるはずがなかった。

「ナツミ……？」

彼が待っている相手だった。

その声を聞き、女性がゆっくりと体を起こしてワタルのほうを見る。正面から見るその顔は、やはり懐かしい姉の顔だった。最後に見たときよりほっそりし、少し印象は変わっていたものの、さほど大きな変化はない。別れてからそこまで長い時間は経過していないことを表していた。

「ナツミ！　そ、そんな、まさかもう……て、てっきり、まだ先だとばかり……！」

突然の再会に戸惑いながら、ワタルはしどろもどろに言った。だがすぐに違和感に気づく。

ナツミはワタルを見ても全く表情を変えなかったのだ。喜ぶことも泣くこともせず、ただぼんやりとワタルを見つめている。

「……ナツミ？」

ワタルは再度その名を呼んでみる。だが次の瞬間、彼女の口から出てきた言葉は、完全に予想外のものだった。

「あの、どなたですか？」

決して悪ふざけなどではなく、真剣な面持ちで彼女は言った。

昂っていた気持ちが、一気に氷点下まで落ちていった気がした。

（……どういう、ことだ？）

頭の中が混乱する。他人の空似だった？　いや、まさか。少し時間が経っているからといって、姉を見間違うわけがない。

「何……言ってるんだよ。ワタルだよ」

ひっくり返った声で言うも、ナツミはピンと来ていないようだ。眉間に皺を寄せてワタルを見ている。

「ナツミでしょ？　ワタルだよ！　一体どうして」

「違うんです」

「え、え？」

「私、自分のことさえも覚えてないんです」

ワタルは言葉を失った。ナツミは困ったように首を傾げる。

つまり、自分のこともワタルのこともすべて忘れてしまっているというわけだ。

呆然としているところに、背後からケンゴの声がかかる。じっとワタルたちの様子を見ていたケンゴは、これまでの流れを理解していた。

「ワタル」

呼ばれたワタルは力なくケンゴを振り返る。

「ケンゴ……ど、どういうことだと思う？　ナツミは全然覚えてないって。僕のことだけじゃなく自分のことだって」

「うーん……少なくとも俺は、ここに来た人で、記憶がなくなってるっていう人は聞いたことないよ」

ケンゴは顔を顰めて言う。ワタルも同じだった。

ここで出会った人々は皆、大切な誰かを待ち続けていた。すべて記憶を失っている人など、これまで見たことも聞いたこともない。

二人が黙り込んでいると、ナツミが恐る恐る声をかけてきた。

「あの、私はナツミっていう名前なんですか？」

「え、あ……うん」

「ここはどこなんですか？　私、気がついたらここにいて……見たこともない場所だし、どうしてここにいるのかもわからないし」

その質問にワタルは困って頭を掻いた。どう説明すればいいのだろう、と悩んだからだ。

「えっと、ここは……」

「それにこの噴水、なんだか不思議で。だってほら、水の中に映像が見える」

そう言ってナツミは再び噴水の中を見た。ワタルとケンゴはお互い顔を見合わせる。

ナツミの隣に並び、彼女のように中を覗き込んでみるが、彼らには、水飛沫が水面にたくさんの水玉模様を描く様子しか見えない。映像なんてこれっぽっちもない。

ケンゴが困ったようにナツミに尋ねる。

「えっと、ここになんか見えます？」

「え？　はい。ほら、人が見えるでしょう？　あまり広くない部屋に、看護師さん……みたいな人とか。こっちとは違って忙しそうにしてる。これが不思議でずっと見てたんです」

ナツミの説明を聞いて、ワタルたちは息を呑む。そんな二人に気がつかないのか、ナツミはまた噴水の中を凝視し始める。

ケンゴはワタルの肩を摑み、そろそろと後退してナツミと距離を取った。そして声を潜めてワタルに言う。

「病院が見えるって。ワタルは見えなかったよな？」

「うん、そんなもの何も見えなかったよ……」

「つまり、ナツミさんにだけ見えてるってことだろ」

「それって、つまり……」

頭に浮かんだ仮説に、ごくりと唾を呑む。

「ナツミの体は、まだ生きてるかもしれない」

「俺も同じことを考えた」

ナツミが他の人と違い、記憶がなく不思議な映像が見えること。それはつまり、まだ完全にこちらに来たわけではなく、どちらの世界にも属せない不安定な存在なのではないか。向こうで生死を彷徨《さまよ》うほどの何かがナツミに起こり、体は病院で治療中というわけだ。これが、二人が出した答えだった。

ケンゴが腕を組んで唸る。

「いや、こんなパターン聞いたことないけどな。でもそれしか考えられないじゃん」

「そうすると、つじつまが合うもんね……」

「せっかく会えたかと思ったのに、これじゃあ再会って呼べねーよなあ」

ケンゴは悲しげにナツミを見る。彼女はまだ噴水をじっと見つめていた。

ワタルは予想外のことが起こりすぎて、呆然としていた。ナツミとの再会、忘れられた自分、さらにはナツミはまだ完全にこっちに来たわけではないかもしれない。ワタルが混乱するのも仕方がないことだった。

「ワタル、どうする？」

「どうする、って……」

「聞かれても困るよなあ。向こうでどうなるか、待ってるしかないのかな」

そう話していると、ナツミが顔を上げて二人のほうを見た。とことこと歩み寄り、ワタルたちに尋ねる。

「ええっと、ワタルくんと」

「あ、俺はケンゴっす！」

「ケンゴくんとワタルくん。私の知り合いなんですよね？」

「知り合いっていうか……まあ、そんな感じ」

ワタルは、自分が弟だと名乗らなかった。自分のことすら覚えていないナツミにそんなことを言っても、戸惑わせるだけかと思ったのだ。

「あの、ワタルくん」

「ワタルでいいよ、敬語もいらないし」

「ありがとう。そしてごめんなさい、覚えていなくて。でも私のことを知ってる人がいて安心した。それで、私の家がどこにあるのか知ってる？　帰り道もわからなくて」

困ったように言うナツミに、ワタルは何も言えなかった。なんと説明したらいいのだろう、ナツミの帰る家はここにはないし、帰り道なんてワタルにもわからない。

しばし沈黙が流れると、ケンゴが空気を変えるようにわざとらしく大きな声を出した。

「ああーなんかお腹空きません？　俺、レストランでサンドイッチ作ってもらってくるから、二人はここで待っててもらえます？　ナツミさんは記憶がなくていろいろ混乱してるだろうし、一旦ゆっくりしましょ！」

ケンゴの提案にナツミも頷いたので、ワタルはほっとした。ケンゴはそのままレストランに走っていき、ワタルたちはベンチに腰かけて待つことにする。

隣に座るナツミをちらりと見る。懐かしい横顔だ。

(複雑だな……ずっと会いたかったのに。こうやって並んで座って話したかったのに)

記憶を失っているナツミは、別人のように思えてしまう。

ナツミはレストランに入っていくケンゴの後ろ姿を見つめながらポツリと呟く。

「あのレストラン、美味しそう」

「ああ、美味しいよ。僕もケンゴもあそこで働いてて」

「え、そうだったんだ」

「ウェイターをしてる。人も多いし忙しいけど、待ち人を待つにはピッタリの場所で……」

そこまで言いかけて言葉を止める。ナツミが不思議そうにこちらを覗き込んだ。

「……やりがいがある仕事だな、と」

「そっか、楽しそうでいいね。あの、私ってどんな人間だったのかな? まずは自分のことから何とか思い出さないといけないなって」

ナツミから出た質問に、ワタルはぎゅっと拳を握った。爪が手のひらに食い込んだ。

少し経ってから、かろうじてワタルは答える。

「……ナツミは……すごく頼もしくて、強い人だったよ。明るくて、つらいときも笑っていられる、凄い人だった」

ワタルは噴水の水飛沫を見ながらそう答えた。

（本当はもっと細かく教えたほうがいいんだろうか……こんな仕事をしてたよ、とか、どんなところに住んでいたとか、どんな人生を歩んできたのか、とか）

話そうと思えばいくらでも話せる。でも、今ここで詳しく話してナツミが自分を思い出したとき、一体何が起こるのか見当もつかなかった。

ただ記憶を取り戻すだけならいい。

自分を思い出すことで、完全にこっちの世界に来てしまったら？

ワタルは心臓がひんやりとした気がした。

「そうなんだ……なんか全然ピンと来ないなあ。どうして忘れちゃってるんだろう。でも、ワタルからそんなふうに見えていたっていうのは素直に嬉しいことかな」

「素敵な人だったよ」

「やだなあ、なんか照れる！」

「ただ、結構乱暴だったよ。あと、負けず嫌いだった」

「ええ……そうなの？」

がっかりしたように言ったので、ワタルは少し笑ってしまった。笑われたことにナツミは口をとがらせ、拗ねたようだ。

「ごめん」

「いいよ。覚えてないとはいえ、なんとなく自分がやまとなでしこではない気がしてるから」

「でも、僕はそういうナツミにいつも元気をもらってたよ。これは間違いない。嫌なことがあって落ち込んでると、『そんなこと気にしなくていい！』って活を入れてくれるからね。僕はどっちかっていうと大人しいほうだったから、ナツミと足して割れば、ちょうどよかったかも」

お互い足りない部分を補う存在だった、とワタルは思う。姉弟なのにあまり似ていないと言われることも多くあり、ワタルも事実そうだと思っていた。

「とにかく真っ直ぐで、いつでも前を向いててチャレンジ精神もある。僕から見たナツミはそんな感じかな」

話していると、具体的なシーンが甦ってくる。施設にいるときは、いじめっ子からワタルを守ってくれる強い姉だった。ナツミが仕事で何か失敗をしたときは、一晩は落ち込むものの、翌日には『次は絶対上手くやってみせる！』と豪語して出勤していく人だった。

そんな過去を思い出し、ワタルは俯いた。

そのまましばらく、お互い黙ったままでいた。ナツミは何度かワタルに何かを訊こうとしたが、ワタルの様子を見て口を閉じる。彼が何か隠していることに気がついているのだ。

そこへ、紙袋を二つ手に持ったケンゴが走って戻ってくる。

「お待たせー！　うちのレストラン特製、スペシャルサンドイッチー！」

ケンゴが紙袋から取り出すと、ナツミはわあと大きな声を上げて喜んだ。お礼を言って受け取るとすぐにかぶりつき、うっとりと顔を緩ませる。

「美味しい！　ワタルが言ってたとおり、美味しいお店なんだね。このソース、すっごくパンに合う。ケンゴくん、ありがとう」

「いえいえ。はい、ワタルもとりあえず腹ごしらえ！」

「ありがとう」

三人でベンチに腰かけてサンドイッチを頬張る。ナツミはすぐに食べつくしてしまった。それを見て、ケンゴはもう一つの紙袋から何かを取り出す。

「あとこれ！　まだ試食が残ってたから、もらってきた」

彼が取り出したのは、三つのチョコレートだった。

途端、ナツミの目が輝いたのをワタルは見逃さなかった。好物は、記憶を失くしても好物に変わりないらしい。ワタルはその光景が何だかとても嬉しかった。

「ナツミさんどうぞ、選んで！」

「え、い、いいの？　じゃあ、これをいただきます！」

「ワタル、どっちにする？」

「いいよ、ケンゴ選んで」

「じゃあじゃんけんにしよう」

「オッケー。最初は……」

男二人のくだらないじゃんけんが始まり、何度かあいこを繰り返した末、ケンゴが勝利を飾った。勝負がついたところでワタルがふとナツミを振り返ると、彼女がやけに真剣な眼差しでこちらを見つめていることに気がついた。何かが引っかかる、そんな表情に見える。

「ナツミ？」

呼ばれたナツミははっとし、笑顔を見せる。

「ごめん、じーっと見てて。チョコレートも美味しかった！　お腹いっぱいだし、少しその辺歩くね」

そう言って立ち上がったが、彼女が一直線に向かったのは噴水だった。歩くそぶりも見せず、再び中を覗き込んでいる。ナツミにしか見えない映像がよほど気になるらしい。

そんなナツミの後ろ姿を見つめながら、ケンゴが小さな声でワタルに訊く。

「で、ゆっくり話せた？　ちゃんと説明できた？」

ワタルはゆっくり首を横に振る。

「え、なんで？」

「なんか……どこまで話していいのかわからなくて。僕がいろいろ教えることによって、ナツミが記憶を取り戻したら、何が起こるのかわからないから。完全にこっちに来てしまうかもしれない」

「ああ……なるほど」

ケンゴは顔を手で覆って納得した。だがすぐに顔を上げる。

「でも、何もわからずここで彷徨うナツミさんもつらいんじゃねえ？　帰る方法もわからないし……せっかくワタルと会えてるのにそれを理解してない状況も、あまりに悲しいし」

「……僕だって、ナツミと再会できたのにこんなかたちだなんて。どうすればいいのかわからないんだ。会えたのは嬉しい。でも、まだナツミが生きていける可能性があるなら、それを潰したくないんだ」

「……そうだよな、ごめん」

悲痛な声を上げたワタルの肩に、ケンゴはそっと手を置いた。

ここは素晴らしい場所だ。ワタル自身、楽しく過ごしているし、最高の毎日を送っていると断言できる。

だが、向こうの世界でしか味わえない時間があるのも確かだと思っている。ワタルは絶たれてしまった、尊い時間。ナツミには、ワタルの分もその時間を謳歌《おうか》してほしいと思っていた。

ナツミにしか見えない噴水の中の映像。向こうの世界のナツミの様子。できることなら、そっちに戻って、もっとたくさん生きてからこちらに来てほしい。でも自分にできることはなく、ワタルは歯がゆく思っていた。

そんなときふと、ナツミの近くに誰かが近寄った。そして心配そうにナツミに声をかける。

「そんなに覗き込むと危ないですよ。落ちたら大変です。ここは底がないんですから」

見覚えのある男性だ、とワタルは記憶を呼び起こす。すらりとした体型に、お洒落な雰囲気をした人。

（あ……いつだったか一度だけ行った、バーの店員さんだ）

少し前、エンドウに一緒に酒を飲もうと強く誘われ、ついていったバーで美味しいカクテルを作っていた人だった。

彼が言った『底がないんですから』の言葉が引っかかったワタルは、すぐにナツミたちに近づいた。

「あの、ここって底がないんですか？」

「そうです。知りませんでしたか？」

確かに言われてみれば、覗き込んでみても底らしきものは見えない。今度はケンゴが尋ねる。

「こっちに来た人で、記憶喪失になってる人は知りませんか？」

「ああ……聞いたことがあるかも。そういえば、そういう人はこの噴水の中に何かが見えるらしいですね。でも、詳しくはわからないですね」

ワタルはこれまでのことを繋げて考えてみる。

不安定なナツミの状態、底がない噴水、そこに映るナツミにだけ見える映像……。

「そういう人がここに飛び込んだら……向こうに戻れる可能性ってあると思いますか？」

彼の質問に、男性はぎょっとした。恐ろしい、と言わんばかりに首を振る。

「飛び込んだ人の話なんか聞いたことがないし、そんな人がいたとしても、元の世界に戻れたか確認のしようがないからわからないです。確証もないのに、底がない水の中に飛び込むなんて考えられないですね」

彼の答えはもっともだった。飛び込んだところで、結果どうなるのか確かめようがない。

　お礼を言うと男性は去っていった。ずっと黙って話を聞いていたナツミは、不安そうにワタルたちを見て口を開く。

「ここに飛び込むって何？　元の世界って？」

　ワタルは説明しようか迷ったが、さすがにもう黙っているわけにはいかない。ついに決意し、とりあえずナツミの現状を伝えることにする。

「これは、僕とケンゴの考えなんだけど……いい？　今ナツミは、半分だけ生きてる状態なんだと思う。ナツミが見てる病院の映像は、恐らくナツミの体がある場所だ。そこできっと生死を彷徨ってる」

「半分だけ生きてる？　じゃあ……ここって」

　ナツミは納得するように一人で頷いた。

「そう……そうなの。だから私は自分のことを何も思い出せないんだ。ようやくわかった。なんか変だなとは思ってたの。ここから見える映像は、私の体がある世界なんだね」

「さっきの話、聞いてたよね？　向こうの世界が見えるこの噴水には底がない。もしかしたら飛び込むと、戻れる可能性があるかもしれない」

ナツミは黙って噴水を見つめる。ここの噴水はいつでも美しいとワタルは思っていたが、今日は特に神秘的に見えた。ここがそんな不思議な場所だとは知らなかった。

ワタルは少し声を低くして続ける。

「っていうのは……あくまで僕の想像でしかない。試した人はいないし、飛び込んでも結局どうなるのかわからない。だから……」

「やる」

ワタルの言葉を遮って、ナツミがきっぱりと言ったのでワタルは驚いた。ナツミは迷いのない目でワタルを見る。

「可能性があるなら、やってみる」

まさかの即決に、自分で説明したにもかかわらずワタルは今になってたじろいだ。

「ほ、ほんとに？　成功するとは限らないし、ここで待っていれば少なくとも危険な目に遭うことはないんだよ」

「でも、待っていたら戻れないかもしれないよね。記憶を取り戻せるかもわからない」

「そうだけど……」

「私はね、ワタル。自分を思い出さずにずっといるのは嫌なの。ワタルは詳しく教えてくれないけど、あなたがきっと凄く親しかった人だっていうのはわかってる。自分の力で思い出したいの。私のことも、ワタルのことも。そうじゃないと、きっと大事な何かを失う気がする」

そう力強く言ったナツミを呆然と見つめながら、ワタルは自分の目にじんわりと涙が浮かぶのを感じた。

(やっぱり……ナツミはナツミだなあ)

記憶を失くしても本人の強さは変わらない。昔一緒に過ごしたナツミは、そのままだった。

だが、ふとワタルが視線を下ろすと、ナツミの手が震えていることに気がついた。

それを隠すように両手を重ね、ぎゅっと拳を握っている。

ワタルの視線に気がついたナツミは、気丈に振る舞う。

「ちょっと緊張するっていうだけ！　全然大丈夫だから」

そう笑って言ったナツミの声も、わずかに震えていた。

(……そりゃ……怖いよな)

こんなところに飛び込む。しかも成功する保証はない。そんなの、怖くないわけがない。

それでも行くと決意したナツミに尊敬の意をもたずにはいられなかった。

ワタルはゆっくりと空を見上げる。澄んだ青色に白い雲。いつも変わらず穏やかなここは、友達も知り合いもたくさんできて、最高の場所だ。働くのも遊ぶのも楽しくてたまらなかった。

(寂しいけど……僕はもう十分、楽しんだよなあ)

今まで会った大勢の人たちの顔が目に浮かび、自然と微笑んでいた。

「僕も一緒に行くよ」

力強くワタルは言った。ナツミが驚きの声を漏らす。

「えっ？　で、でも、ワタルは」

「実は僕も半分くらい記憶を失ってる状態なんだ。ナツミよりは覚えてるけど、多分ナツミと同じ状況なんだよ。だから、試してみたいと思って」

「そ、そうだったの？　でも……」

苦し紛れの嘘をついたところで、ずっと黙って二人のやり取りを聞いていたケンゴが割って入った。明らかに顔を引きつらせている。

「ちょ、ちょっとごめん。おい、ワタル」

「ケンゴ、そうだよね？」

ワタルは強い視線をケンゴに送る。お願いだから何も言わないで。ワタルの目はそう言っている。

ケンゴは言葉に詰まり、とりあえずにこりと笑ってナツミに言った。

「ナツミさん、ちょっとワタルを借ります！」

「え？　……はい」

きょとんとするナツミを置いて、ケンゴはワタルを強引に引っ張ってその場を離れる。ナツミと距離ができたところで、ケンゴは声を荒らげてワタルに言う。

「ワタル、お前……自分が何を言ってるのかわかってんのか！」

「わかってるよ」

「ナツミさんは病院の映像だって見えるし、あそこに飛び込んだら戻れる可能性は大いにあると俺も思ってる。でもお前は違う！　あっちの世界に行けたとしても、元に戻る体はない！」

「うん、わかってる」

「ここに帰ってこられるかもわからない！」

「それでも、ナツミ一人に怖い思いをさせられない」

ワタルは、ゆっくりとそう伝えた。ケンゴは言葉を失くす。

「……でも、それじゃ、ワタルが……」

「僕はナツミを急に一人にさせて悲しませた。何も恩返しができないまま……今、ナツミが困ってるなら力になりたい。怖がってるナツミを一人で行かせるなんてできないよ。

それに……もしかしたらナツミが向こうの世界に戻れるところを見られるかもしれない。僕はもっとナツミに生きててほしい。僕ができなかったことをたくさん経験して幸せになってほしい。今の一番の願いは、それなんだ」

「でも、それでナツミさんが元の体に戻れたとして。また人生を生き抜いたあと、ここに来たとき、ワタルと再会できなかったら悲しむぞ！」

ケンゴは必死にそう説得する。それでも、ワタルは考えを変えない。

「確かに、悲しませるだろうね……でも、ナツミが生きて楽しいことをしてくれるほうがずっと大事だ」

ワタルの強い決意に、ケンゴは何も言えなくなる。何を言おうが、もう揺るがないとわかったからだ。

そんなケンゴにワタルは頭を下げた。

「心配してくれてありがとう、ケンゴ。僕はもうここで十分楽しんだし……ナツミとの再会はちょっと心残りだけどね。記憶があるナツミと会いたかったけど、仕方ない。僕は行くよ。ケンゴとたくさん時間が過ごせて、本当に楽しかったよ」

ワタルはそう言って笑顔を見せた。

ケンゴは何も返事ができない。ワタルはそのまま、またナツミの元へとしっかりした足取りで戻る。迷いなどこれっぽっちも感じさせなかった。

ケンゴはそんなワタルの後ろ姿を呆然と見つめながら、目の前がぼんやりと滲《にじ》むことに気がついていた。こんなかたちで友人と別れが来るなどとは、思ってもみなかった。でも、彼が決めたことなら仕方がないのか。

「……嘘だろ」

ケンゴの呟きは、ワタルには届いていない。

ナツミの元まで戻ったワタルは、明るく声をかける。

「ごめんナツミ、お待たせ」

「ううん……それより、ケンゴくんはいいの？」

「大丈夫。行こうか。向こうでナツミの体力がなくなったら間に合わなくなるかもしれない」

ワタルはそう言って、先に噴水のふちに上ってナツミを促す。ナツミはそっとワタルの隣に立った。

ワタルが下を覗き込むと、やはり映像なんて何も見えなかった。ただただ美しい水の色が見えるだけだ。あのずっと奥に、一体何があるというのだろう。

「ワタル」

「どうしたの？」

「嘘ついてない？　本当にワタルも一緒に行って大丈夫なの？」

ナツミがワタルを見上げてそう言った。一瞬ワタルの表情が固まったが、すぐに柔らかな顔に戻る。

「嘘なんてついてないよ。僕も帰れるかもしれないから緊張してるけど」

「本当に？」

「本当だよ」

「成功したら、また向こうで会えるってことだよね？」

ナツミの質問に、ワタルは笑顔で嘘を重ねた。

「そうだよ」

そう短く言うと、ナツミの強い眼差しに耐えられず前を向いた。

もうナツミに会えるのはこれが最後になるだろう、とわかっていた。

ケンゴの言うように、ワタルには戻れる体がない。ではまたこっちの世界に送り返されるのだろうか？　なんだか都合がいい気がする。

自分で望んでここを出ていくのだ。また戻ってきたいというのはわがままだ。

でも後悔は一つもないし、怖さもない。少しでもナツミの恐怖心を和らげられたら、それだけで十分だと心から思っている。彼女を待ち続けた甲斐があった。

ワタルがそっとナツミの手を握ってみると、その小ささに少し驚いた。

幼い頃はよくナツミに手を引かれて歩いたものだが、年頃になれば姉と手を繋ぐなんてことはなくなる。最後にこうして姉の手を握ったのはいつだったのか思い出せない。すっかり自分のほうが大きくなっていたということに、今更気づいた。

それでも……そのぬくもりは懐かしいと感じた。

ああ、昔はナツミにこうして手を繋いでもらって、自分はついていくだけだった。でも、今回は逆だ。僕がナツミを案内する。

君がいるべき世界へ。

ふと隣を見てみると、ナツミが目を見開いてワタルを見ていた。そして、ぎゅっと強く手を握り返してくる。

「……ワタル」

「どうしたの?」

「ワタルの手……なんかずっと前もこうしていた感じがするっていうか……変なんだけど、ワタルを守らなきゃって、今思ってる」

ナツミの言葉に胸が締めつけられる。ワタルが感じていた懐かしさを、ナツミも感じていたのか。

そして、二人の思い出がワタルの脳内に流れてくる。

一足先に施設を出ることになったナツミは、『必ず迎えに来る』と宣言したこと。

ワタルは正直期待していなかったが、生活が落ち着いたあと本当に迎えに来て驚いたこと。

暮らし始めたアパートは古かったが、大家のイノウエ夫婦にはよくしてもらい、敬老の日に二人で小さなプレゼントを贈ったこと。

誕生日にはカットケーキを買って祝ったこと。

中古でテレビゲームを買い、二人で夜遅くまでハマったこと。

すべて、かけがえのない思い出だった。

「ワタル、もしかしてワタルって、私の……」

「行こう、ナツミ」

ワタルはナツミの言葉を聞かずに、その手を引いて一気に噴水の中へ足から飛び込んだ。


水は温かく、二人を包み込むようだった。不思議と息苦しさは感じない。体はふわふわと浮いているような感覚で、かなりゆっくりした速度で沈んでいく。スローモーションのようだった。上から差す光が水の中でキラキラと光って見え、ワタルはこんなときだというのに、冷静にも綺麗だ、と思った。

だが足元を見てみるとまるで終わりが見えず、ただ真っ白な世界が広がっているだけだ。どこまで続いているのか見当もつかない。

静かにゆっくりと、下へ沈んでいく。

世界で二人きりになった、そんな感覚に陥る。

(僕は……一体どうなるんだろう)

このまま消えるのか。ナツミが戻れるところぐらいは見えるのか。

どちらにせよ、もうあのレストランで働くことはない。

(最高の場所だった。ナツミもいつかまた、あそこへ辿りつけますように)

そう願いながら、ナツミの顔を見ようとしたときだった。突然、ワタルの体がグイッと持ち上げられたのだ。後ろ襟を強く引っ張られているようで、首元が締まり息苦しさを感じ、目の前がちかちかする。

その苦しさについ、ナツミの手を離してしまった。

慌ててナツミに向かって手を伸ばすが、ナツミはその手をするりと避けたように見えた。もう間に合わない。彼女は一人で静かに沈んでいく。

(ナツミ!)

声にならない声でそう呼んだとき、ふと彼女がこちらを見上げた。

そして、優しく微笑んで小さく手を振ったのが見えた。

体が勢いよく引き上げられ、同時に背中に強い痛みを覚えた。首が締まったせいで強い咳が何度も出た。何が起こったかわからず呆然とするワタルの目に見えるのは、見慣れたあの噴水だった。

「あ……あれ……え？」

ワタルは地面に転がっている状態だった。慌てて体を起こしてみると、すぐ後ろに気配を感じて振り返る。

ケンゴだった。

ケンゴは息を切らし、はあはあ言いながらワタルのように倒れ込んでいる。そして、そんなケンゴの上半身がぐっしょり濡れていることに気がついた。

「ケ、ケンゴ……？」

ワタルはようやく理解する。ケンゴが自分を引き上げたのだ、と。

ケンゴは息を整えるとむくっと体を起こし、ワタルにすぐに謝った。

「ごめん」

頭を垂れてそう謝るケンゴを、ワタルはただ驚いた顔で見ている。

「やっぱり、ワタルとこんな別れ方は嫌だなって思った。ワタルがいくら望んだとしても……動かずにはいられなかった。友達として」

友達——その言葉がワタルの胸を熱くさせた。ケンゴの茶色の髪から水がしたたり落ちているのを見て、ワタルは小さく首を振る。

あの中からワタルを引き上げるなんて、ケンゴにも十分危険があったはず。それを顧みず、自分を助けようとしてくれたケンゴの優しさに、怒るなんてことはできなかった。むしろ、嬉しいと思ってしまった。

彼は一番の友達だ。

「ううん、謝らないで……ケンゴ、ありがとう」

ワタルがそう言うと、ケンゴはほっとしたように顔を上げる。泣きそうになっているケンゴを見て、ワタルは小さく笑った。

そうだ、もし自分が逆の立場だったら、きっとケンゴと同じことをしていた。大事な友達を必死に引き留めただろう。

ワタルは立ち上がり、先ほど自分が飛び込んだ場所を覗き込んでみる。ナツミの姿は見えず、水が穏やかに揺れているだけだった。ケンゴも隣で同じように見つめる。

「……もう、見えないね」

ワタルは最後に見たナツミの笑顔を思い出す。ワタルに小さく手を振り、沈んでいくナツミを。

ワタルとケンゴは同時に噴水を見上げる。

やはり水飛沫が美しく水の音が爽やかだ。だが、今日はなんだか見ていると泣きたくなった。

ナツミはどこへ行ったのだろう。どうなったのだろう。

それを知るすべは、今はない。


あれからナツミが帰ってくることはなく、ワタルの日常が戻ってきていた。

いつものようにレストランで働く。ケンゴは『少しぐらい休みを取ってもいいんじゃないか』と助言したが、働きたいと言ったのはワタルだった。休んだところで、何をすればいいのかわからない。

時折、外の噴水を眺めては胸が痛んだ。それを誤魔化すために、ワタルはとにかくがむしゃらに働くしかなかった。信じて待つ。それしかできることはない。

そんなある日のことだった。

レストランでテーブルを拭いているとき、背後からワタルを呼ぶ声がした。

振り返ってみると、白髪の女性が立っていた。七十歳は過ぎているであろう人で、垂れ目から彼女の優しい人柄が伝わってくる。その人の姿を見て、ワタルはつい大きな声を上げてしまった。

「イノウエさん！」

「やっぱりワタルくんね！　ああ、久しぶりね、会いたかったわ……」

涙ぐむ彼女は、ワタルとナツミが住んでいたアパートの大家だった。

貧しい暮らしのワタルたちを支えてくれた、家族のような存在。最後に見たときよりずっと白髪が増えたように思えた。

「会えて嬉しいです、イノウエさん……！」

弾んだ声を出すワタルに気がついたのか、ケンゴが近づいてくる。

「ワタル、知り合い？」

「うん。僕が住んでたアパートの大家さんなんだ」

「ああ、前言ってた人か！　ワタル、ここでお前を知っている人と再会するの初めてなんじゃね？」

「そうなんだよ。凄く嬉しくて……」

うわずった声でそう言うワタルを、イノウエは嬉しそうに見つめている。

「私もよ、本当に嬉しいわ。私は少し前にここに来てね、主人を待ってるの。年も年だから、どうせそんなに長くは待たないだろうけど。あなたはやっぱり、ナツミさんを？」

ナツミの名前が出てきて、どきんとワタルの心臓が鳴った。何とか頷いてみせると、イノウエは目を細めて笑った。

「ナツミさん、一度大きな事故に遭って大変だったんだけど、退院して今は元気にしてるわよ」

彼女の言葉が、ワタルの心に収まる。

生きてる。

ナツミは、生きてる。

ちゃんと戻れたんだ。

「ワタル……！」

ケンゴが力強くワタルの肩を抱いた。

ワタルの目にじんわりと涙が浮かんだ。慌ててそれを拭うと、イノウエさんがふふっと嬉しそうに笑いながら言う。

「あなたがいなくなったあと、ナツミさんは凄く落ち込んで大変だったけど、そんな彼女を誘ってよく一緒に食事を取ってたの。私はこっちに来ちゃったけど、今でも主人とたまには食事してるんじゃないかしら」

「そうなんですね……ナツミを支えてくださってありがとうございます」

「事故に遭って昏睡状態が続いてたけど、最近はすっかり元気になってね。そうそう、事故のあと久しぶりに話したとき、ナツミさん不思議なことを言ってたのよ」

「不思議なこと？」

「昏睡状態のとき、なんだかとっても幸せな夢を見た気がする……でも、思い出せないんだ、って」

イノウエの言葉を聞いて、ワタルは優しく微笑んだ。

覚えてなくていい。忘れてていいよ。

僕はこれまでどおり、ここでナツミを待ち続ける。

もしいつか……ナツミがここへ来ることができて再会したら、そのときにゆっくり話そう。だから、ナツミはとにかく毎日を生き抜いてほしい。

またここに来るためにも。


「ワタル！　まずは席に案内しないと」

ケンゴの声がしてハッとする。ワタルは急いでイノウエを席に案内し、メニューを差し出しながら言う。

「どの料理も美味しいですよ」

「すっかりここで働くのに馴染《なじ》んでるのねえ」

「はい。人の再会シーンも見られて、素敵な友達もいて、僕は毎日楽しいです」

ワタルはそう言って、働くケンゴをちらりと横目で見る。彼と目が合い、なんとなくお互い笑い合った。その後、大きな窓ガラスに視線を移した。

ここには、誰かを待つ人々が集まってくる。会えて喜ぶ人、会えずに悲しむ人。人の数だけ物語がある——。

ここは待ち合わせの場所。人生を生き抜いた者たちだけが辿り着く。朝も夜もない、居心地のよい空間。

今日も彼は友人に囲まれて働きながら、いろんな待ち合わせを見守る。いつか自分も、愛する人と再会できる日を夢見ながら。

完

文芸社文庫NEO

神様のレストランで待ち合わせ

二〇二四年十一月十五日　初版第一刷発行
二〇二五年六月五日　初版第三刷発行

著　者　橘しづき
発行者　瓜谷綱延
発行所　株式会社　文芸社
〒一六〇－〇〇二二
東京都新宿区新宿一－一〇－一
電話　〇三－五三六九－三〇六〇（代表）
〇三－五三六九－二二九九（販売）

印刷所　TOPPANクロレ株式会社

ISBN978-4-286-25897-3